海軍乙事件

吉村 昭

文藝春秋

目次

海軍乙事件

一

昭和十八年十二月二十四日夜――

一隻の陸軍輸送船が、門司《もじ》港の岸壁をはなれた。同船には、十二月八日に熊本で仮編成された独立歩兵第百七十三大隊の大隊長大西精一中佐以下九七八名が乗船していた。

大隊の任地はフィリピンのビサヤ地区にあるセブ島で、同島守備の任務を課せられていたが、乗船したかれらの姿は異様だった。大隊には四個中隊と銃砲隊が所属していたが、砲も機関銃もなく、一挺《ちょう》の小銃すらない。将校は軍刀、下士官・兵は帯剣のみで、火器類は全く支給されていなかった。

兵たちは、大隊が無装備であることをいぶかしみ、中には戦局がいつの間にか想像以上に悪化して兵器をつくる資材もつきてしまい、大隊に支給されぬのかも知れぬという者もいた。

しかし、それは事実と異なっていた。開戦以来、陸軍部隊は南方諸地域に進出していたが、その間に兵器がその方面に大量に集積されていた。そのため内地で武装するよりは南方占領地域に赴《おもむ》いて武装する方が好都合であったのだ。

そうした事情は将校たちの口から兵たちにもつたえられていたが、かれらの不安は消えなかった。船内にはさまざまな噂《うわさ》が流れ、無装備で兵たちを乗船させたのは、輸送船が敵潜水艦に撃沈された折に貴重な兵器類が海に没することを避ける処置なのだという穿《うが》った臆測をする者すらいた。

たしかに、そのような不安を兵たちにあたえる空気は日増しに濃厚になっていた。昭和十八年に入って以後アメリカ軍の総反攻は本格化し、日米両軍の決戦場であったガダルカナル島での戦闘も日本軍の敗北に終り、それを境に、アメリカ軍は全戦域にわたって日本軍に重圧を加えてきていた。

五月にはアッツ島の日本軍守備隊が、上陸してきた優勢なアメリカ軍の猛攻撃に全滅し、ついで秋から冬にかけて諸島嶼《しょとうしょ》の失陥がつづき、十一月にはタラワ、マキン両島の守備隊が玉砕《ぎょくさい》した。

すでに日本軍の海上兵力も航空兵力も激しい消耗を繰返して弱体化し、物量を誇るアメリカ軍の攻撃にあえいでいた。また敵潜水艦の動きも活発化していて、輸送船その他が雷撃される率は急激にたかまっていた。その活動範囲は日本近海にも及んでいて、内地の港を出れば、そこはすでに危険海域であった。

そのような敵潜水艦の攻撃にそなえて、船の甲板上には多量の竹製筏《いかだ》がつみ上げられ、潜水艦に対する見張りは強化されていた。

大西大隊は、予備、後備の将兵を寄せ集めて編成された部隊であった。が、大隊長以下将校も下士官・兵も長い間中国大陸での第一線で転戦をつづけた豊かな戦場体験をもつ者ばかりで、新編成の部隊とは言いながら極めて強靱《きょうじん》な戦闘力をもつ大隊であった。

船は、敵潜水艦による夜間雷撃を避けるためすべての灯火を滅して北九州沿岸を西進し、朝を迎えた。兵たちは甲板に出て点呼をし、船は九州の陸影を左方に望みながら進み、日没後に五島列島の福江に入港して碇《いかり》を投じた。すでに同湾には南方地域に向う二隻の輸送船と海防艦が碇泊《ていはく》していた。そして、その地で同船は二隻の輸送船と船団を組み、海防艦護衛のもとに福江を出港した。他の輸送船には、フィリピンのパナイ島におもむく独立歩兵第百七十大隊（大隊長戸塚良一中佐）と、ネグロス島に向う独立歩兵第百七十四大隊（大隊長尾家剣大佐）の将兵が乗っていた。

船団は、厳重な対潜警戒をつづけながら東支那海《ひがししなかい》を南下、台湾西方を通過して昭和十九年一月一日早朝に台湾南部の高雄に入港した。

その日、同地方面にアメリカ艦載機の来襲があって緊張したが船団は攻撃を受けることなく、翌日同港を出発した。

敵潜水艦の行動海域であるので、船団は之字運動をつづけた。その激しい動きに船酔いをうったえる者が続出し、食事もとらず船内で寝ころがっている者が多かった。その間、二度にわたって「敵潜！」の警報が発せられ、海防艦は船団の周囲を警戒したが、雷撃はなく、一月六日に無事ルソン島のマニラに入港した。

大西大隊は、同地に上陸して二週間をすごし、兵器類を受領した。しかし、大量に集積されているといわれていた兵器は、各方面からの要求で配布された後で、残された量は少なくなっていた。そのため大隊に支給が予定されていた迫撃砲を受けることはできず、わずかに銃砲隊に八挺の重機関銃と各中隊に二挺ずつの軽機関銃が配布されただけであった。また全員に渡された小銃も、三個中隊が三八式歩兵銃、一個中隊がイギリス軍から捕獲した小銃であった。大西大隊長は、馬の受領も欲したが任地のセブ島では山岳戦が主となるという理由で馬の支給はなく、フィリピン人に作らせた多量の背負《しょ》い子が用意された。

一月十九日、大西大隊は輸送船でマニラ港を出発、同月二十二日夜セブ島のセブ港に到着した。そして、その夜は船内ですごし、翌朝上陸した。

桟橋《さんばし》に上った将兵たちの間から、感嘆の声があがった。

かれらは、長い間中国大陸の戦場を歩きまわる生活をつづけてきたが、そこには果てしなくひろがる大地があるだけで、雑草にも高粱《コーリヤン》畠にも乾いた土の匂いが強くしみついていた。そうした風景になじんだかれらの眼に、紺青色《こんじょういろ》の明るい海にかこまれたセブ島の風光は、別天地のようにみずみずしく美しいものに映った。

セブ島は、南北に細長く、フィリピンのルソン島、ミンダナオ島の二つの大きな島の中間にある。島の中心地セブ市は、スペイン領時代からの人口十万の古都で、政治、経済、文化の要地でもあり、市内には瀟洒《しょうしゃ》な洋風の建物がならんでいた。

島は鉱物資源にめぐまれ、石炭、銅が産出し、地表が石灰岩質におおわれているのでセメント工業も発達していた。また密生する椰子《やし》、コプラから油も採取され、肥沃《ひよく》な耕地には米、甘藷《かんしょ》などが豊かに栽培されていた。

セブ島は、フィリピン諸島の中でも最も安定した気候にめぐまれ、人間の生活をおびやかす猛獣、毒蛇、毒虫の類も棲息《せいそく》せず、地上の楽園と称されていた。海岸線は椰子でふちどられ、島の中央部には緑におおわれた標高一、〇一三メートルのマンガホン山がそびえていた。

上陸した大西大隊長は、部下をともなってセブ市におかれた独立混成第三十一旅団司令部におもむき、旅団長河野毅少将に着任の報告をした。そして、旅団参謀渡辺英海中佐からセブ島の状況について詳細な説明を受けた。

セブ島に日本軍が上陸したのは、昭和十七年四月十日で、それ以後坂巻隆次大佐のひきいる大隊が駐屯《ちゅうとん》していたが、坂巻大隊に転属命令が出て大西大隊が後任部隊として着任したのである。

島の治安は、一応維持されていたが、住民であるフィリピン人の感情は複雑だった。

フィリピンは、一五七一年から実に三三〇年間もスペインの統治下にあった。その政治は苛酷で、フィリピン人は七二回にも及ぶ反乱を起し、その都度《つど》武力で鎮圧された。やがて、一八九六年（明治二十九年）にリカルテ、アギナルド両将軍の指揮によって反乱は成功し、スペインとの間に講和条約がむすばれ、マロロス政府が樹立された。その翌々年、アメリカとスペインの間に戦争が勃発し、アメリカ軍がマニラを攻略した。アメリカは、マロロス政府を認めず、そのためフィリピン人はアメリカに戦いを宣したが、たちまちアメリカ軍に屈し、リカルテ将軍は流刑に処せられ、アギナルド将軍は降伏した。その年から、フィリピンは、アメリカの統治下に入ったのである。

その後、フィリピン人のアメリカに対する抵抗はつづけられていたが、アメリカもそうした国民感情を無視することができず、一九四六年（昭和二十一年）には独立を許す予定である旨《むね》を宣言していた。

しかし、一般のフィリピン人、殊《こと》に若い者たちは長い間植民地として政治、経済を掌握《しょうあく》していたアメリカに対して強い反感をいだいていた。そして、アメリカ軍の撤退後進駐してきた日本軍にも強い警戒心を持ちつづけていたが、三カ月前の昭和十八年十月十四日、日本政府の支援でフィリピンが共和国として独立を許されたことをきっかけに、対日感情も幾分好転していた。しかし、実質的には政治、経済が日本軍の支配下におかれていたので、かれらの間には被圧迫民族であるという意識が根強くひそんでいた。

そうした背景の中で、セブ島には日本軍に抵抗するゲリラ部隊が組織されていた。それは、米軍が日本軍に追われて島を去った直後に旧フィリピン軍将兵や島民によって編成されたもので、セブ島の近くの島々にも同様の組織がアメリカ軍将校の指導のもとに設置されていた。

それらビサヤ地区に散在する島々のゲリラ最高指揮官は、ミンダナオ島ゲリラ隊長のウェンデル・ファーチグ陸軍大佐で、パナイ島のペラルタ陸軍大佐、ネグロス島のアブセート陸軍中佐指揮のゲリラ部隊を統率し、セブ島のゲリラもその指揮下においていた。

セブ島のゲリラ部隊指揮官は、ジェームズ・M・クッシング陸軍中佐であった。

かれは、開戦前予備役の陸軍中佐としてセブ島の鉱山に勤務する技師であったが、米軍撤退後、極東アメリカ陸軍総司令官マッカーサー大将の命を受けてセブ島ゲリラ隊指揮官に就任していたのである。かれは、スペイン系のフィリピン女性を妻に一児の父で、ゲリラ隊員の信望をあつめているようだった。

旅団司令部では、ゲリラを米匪軍《べいひぐん》と呼び、その兵員数の実体はつかんでいなかったが、各種の情報を綜合した結果、千名近い人員によって構成されていると推定していた。火器は自動小銃、小銃、拳銃のみで、その戦力は日本軍をおびやかすほどのものではなかった。

しかし、かれらは、一般人をよそおっているので判別は不可能であり、集団行動をおこす時も山間部や密林の中を潜行し、その捕捉は困難だった。

かれらは、小型の無線機で互いに連絡をとって行動し、殊に、クッシング中佐は、少なくとも一台の最新式大型無線機を駆使して、ミンダナオ島のビサヤ地区ゲリラ最高指揮官ファーチグ大佐と連絡していた。その無線情報によって、クッシング中佐はセブ島内の日本軍の状況を報告し、武器弾薬の補給も仰いでいた。それらの軍需物資は、ひそかに島の南部沿岸に接近するアメリカ潜水艦から受領していると推察されていた。

前任の坂巻大隊は、月に一度定期的にゲリラ討伐をおこなっていたが、その討伐の主目的は、クッシング中佐をはじめゲリラ隊指揮者たちを捕えることと、島外との連絡に使っている大型無線機を捕獲することであった。

新たに赴任した大西大隊長は、坂巻大隊長から申継ぎを受け、ただちに警備態勢についた。

第一中隊（中隊長赤嶺豊中尉）はセブ島南西海岸のドマンホグに、第二中隊（中隊長稲本富夫中尉）は島の中央部東海岸のダナオに、第三中隊（中隊長戸島軍七中尉）は旅団司令部のおかれたセブ市に、第四中隊（中隊長川原一中尉）は、島の中央部西海岸にあるバランバンに配置された。

また大隊本部は、セブ市南方二二キロの海岸線にあるナガ町におかれ、銃砲隊

（隊長淵脇政治中尉）が直属していた。

ナガ町には、小野田セメント製造株式会社ナガ工場が操業をつづけていた。その工場はセブ島で産出する石灰岩でセメントを生産するフィリピン最大のセメント工場で、国営にされていたが、米軍撤退後日本側が接収し、陸海軍の委任を受けて小野田セメントがセメント生産に従事していた。そのセメントは、南方占領諸地域に送られ、飛行場の滑走路補修をはじめさまざまな目的に使用されていた。

同工場では、工場長中村謙次郎以下一四名の小野田セメントの派遣社員が、現地人約七〇〇名を指導し、またセメントの販売を引受けていた三井物産社員四名が、セメントの生産工程に必要な石炭を採掘するため、近くの炭鉱で約一五〇名の現地人を雇用していた。つまり大隊本部と銃砲隊は、南方占領地に送り出す貴重なセメントの主要工場である小野田セメント・ナガ工場の警備も担当していたのである。

各中隊が配備について間もない一月二十七日、旅団司令部参謀渡辺英海中佐から、早くも第一回の討伐をおこなうよう指令があった。ボンゴール、ババノ地区に、ゲリラが集結している情報が入ったという。

しかし、大隊長大西精一中佐は討伐を実施するには、もう少し準備期間が必要だと思った。大隊は、ようやく配備を終えたばかりで、戦闘を開始できる状態ではない。第一、大隊には島の詳細な地図も渡されていず、ゲリラの集結している地区に対する知識もない。全く未知の土地でひそかに行動するゲリラの動きをとらえることは、不可能に近かった。

多くの戦闘を指揮してきた大西もその命令に当惑したが、窮状《きゅうじょう》を察した前任者の坂巻大隊長が全面的な協力を申出てくれた。坂巻は、討伐予定地区の地理に精通した者を案内人として大西大隊に派遣し、さらに過去の討伐経験を参考に綿密な討伐計画も立ててくれた。

また坂巻は、セブ島生れの八名のフィリピン人を大西のもとに送ってきた。かれらは、以前ゲリラ部隊に属していた兵で、日本軍の捕虜になった後、忠誠を誓って積極的に坂巻大隊に協力している者たちであった。

坂巻の話によると、かれらは十分に信頼のおける男たちで、相つぐ討伐で道案内を確実につとめ有利な討伐戦をつづけることができたという。そして、かれらには給与を支給して優遇し、銃の携行も許しているとつたえた。また、島の地図や討伐予定地域の地理的状況書もそろえて渡してくれた。

大西中佐は、坂巻の好意を謝して八名のフィリピン人を雇用し、翌二十八日からゲリラ討伐を開始した。

大西をはじめ各中隊長以下隊員にとって、討伐は手なれた仕事であった。かれらは、中国大陸で広大な地域に分散した中国軍と果てしない戦闘をつづけてきた。それは、大軍と大軍との激突ではなく、情報を入手して行動する小戦闘の連続であった。その戦法は、セブ島でのゲリラ討伐にそのまま通用するものであった。

大西中佐は、各中隊に指令を発してボンゴール、ババノ地区に軍を進めた。かれらは、野獣のような鋭い嗅覚で周囲に警戒の眼をむけながら密林の中の道や草原をたどった。そして、夜襲をうける危険の少ない地で野営をつづけ、随所でゲリラを捕捉した。その統制のとれた行動はゲリラ側に大きな脅威をあたえ、一週間後に第一回の討伐戦を終了した。

その間に得た経験は、中国大陸の討伐戦とほとんど同一のものであるということであった。中国大陸では便衣隊と称する中国軍将兵の遊撃戦法になやまされたが、セブ島でもゲリラが一般人をよそおって奇襲してくる。

或る地域を進んでいた折、数名のフィリピン人農夫が耕地に鍬《くわ》をふるっていた。それらの農夫は、こちらに好意的な笑顔を向け、大隊の将兵もそれに対して挨拶を返したが、その地点を通過して間もなく、いつの間にかかくしていた銃器を手にしたそれらの農夫が後方から激しい銃撃をくわえてきた。このような攻撃は討伐行の間に数えきれぬほど繰返され、反転して攻撃を開始するとすぐに遁走《とんそう》してしまう。そのようなゲリラの動きは、中国軍の便衣隊の戦法と酷似していた。

ゲリラ討伐には、情報の蒐集《しゆうしゆう》が最も重視されていた。

旅団司令部でも、それを十分に承知していて、主として憲兵隊にその蒐集を依頼していた。

セブ憲兵隊は、隊長森本勇中佐以下一三〇名の隊員を擁し、隠密行動をとるゲリラの動きを察知するために探索の網をはりめぐらし、積極的な情報蒐集につとめていた。さらにその工作を徹底化する必要から多くのフィリピン人をひそかに雇い入れて密偵としての教育もおこなっていた。かれらには金品をあたえて、ゲリラの出没する地域に放つ。それは大きな危険をはらむ行為で、密偵であることがゲリラ側に露顕《ろけん》し殺害される者も多かった。

大西大隊では、坂巻大隊から受けついだ旧ゲリラ隊員八名を各中隊に配属させていたが、かれらも数名の密偵を傘下において独自の情報蒐集につとめていた。その正確度は、ほぼ三〇パーセント程度で、逆に情報をゲリラ側に売る者もいて、その情報判断は複雑だった。

大西大隊長は、中国戦線の経験から現地人を信頼することが危険であることを知っていた。

中国大陸で討伐戦をおこなっていた頃、かれの部隊では中国人の少年を炊事の雑役夫として雇い入れていた。少年は仕事に熱心で、性格も明るく素直であった。澄んだ眼をした純真な少年で、隊内で人気者になり、隊員から可愛がられていた。が、かれは、大隊内に潜入していた有能な中国軍側の諜報員の一人であった。

部隊が出動する時、当然他の部隊との間で伝令の往来がしきりになり、兵に弾薬や食糧も支給される。それらの動きによって少年は、部隊が行動を起すことを知り、巧妙にその行き先まで探り出す。そして、それを中国軍側につたえることを繰返していたため、部隊の行動はあらかじめ中国軍に察知され、思わぬ迎撃を受けることも多かった。

大西は、そうした中国軍の動きから密偵が大隊の行動を中国軍側に通報しているらしいと察したが、やがて中国軍部隊の本部を占領した時、本部内に意外なものが散乱しているのを発見し唖然《あぜん》とした。それは、かなりの量の機密図書類で、大西部隊の全容が精密に記録されていた。

それらの図書類には大西大隊の保有する大砲、機関銃等の型式と数量をはじめ擲《てき》弾筒《だんとう》の数まで明記されていた。また部隊の編成表には、将校から下士官に至る氏名が一字のあやまりもなく列記され、さらに規模の大きい作戦の後に作成される戦闘詳報の複写まで保管されていた。それらの書類を点検した結果、大西は、初めて少年が中国軍側の密偵であることを知り、根拠地にもどって捕えようとしたが、いち早く身分が発覚したことに気づいたらしく少年は姿を消していた。

大西は、そうした苦い経験もあるので、セブ島に着任してからも現地人を使うことはせず、大隊本部には兵以外の者の出入りを厳禁していた。

その間にも、ゲリラは、大西大隊の眼をかすめて各地に出没し、ゲリラ活動をつづけていた。親日派のフィリピン人の車を襲って殺害したり、軍用電線を切断し傍受したりする。そして、強力な一隊が出動すると発砲もせず逃げるが、それが少数の兵であると、襲撃をかけてきたりしていた。

またゲリラ隊員は、大胆にも旅団司令部のあるセブ市にやってきて、酒を飲んだり女と踊ったりして慰安を求めていた。むろん、憲兵隊が中心になってかれらの検束につとめていたが、ゲリラ隊員たちは一般人と変らぬ服装をしているので、かれらを見分けることはできなかった。

旅団司令部は、ゲリラの掃蕩《そうとう》を企《くわだ》てながらも、一般のフィリピン人に被害をあたえぬよう慎重な配慮をはらっていた。フィリピンは、共和国として独立した日本の同盟国であり、日本軍としては、フィリピンとの友好関係を維持するためフィリピン人に実害をあたえることを避ける必要があった。そうした事情から、セブ市その他でとらえたゲリラ容疑者も、拷問《ごうもん》などの方法による徹底的な追及をおこなわなかった。

討伐は、定期的におこなわれていたが、二月二十八日からセブ島中央部に第二回目の討伐がおこなわれた。

大西は、入念に計画を立て、日没後各隊をそれぞれの駐屯地からひそかに進発させた。もしも昼間に行動をおこせば、たちまち現地人からゲリラ側に通報され、戦果をあげることは不可能であったからであった。

討伐行は、三月八日までつづけられたが、各隊は、随所で小人数のゲリラと遭遇《そうぐう》した。しかし、かれらは日本軍の姿を認めると地形を巧みに利用して逃げてしまう。かれらの足は早く一瞬の間に姿をかくし、時折り思いがけぬ場所から発砲してきたりした。

大西は、中国戦線の経験を十分に活用し、もっぱら夜間攻撃をおこなうよう指令した。それにもとづいて、各隊では、夜行動物のように闇を利してひそかにゲリラに接近し、白兵戦を主とした奇襲をくり返した。

この戦法は功を奏して、随所でゲリラをとらえ武器を押収した。或る夜もゲリラの歩哨線《ほしょうせん》を全滅させたが、ゲリラ隊員はギターやマンドリンを奏して低い声で歌をうたっていて、日本軍に包囲されたことにも気づかなかった。

しかし、その討伐戦でも大西大隊が接触したのは歩哨線のみで、ゲリラの本拠を攻撃することはできなかった。クッシング中佐のひきいる主隊は、日本軍の動きを事前にとらえて、巧妙に移動をつづけているようだった。

大西大隊がセブ島警備についた直後から、太平洋方面の戦局には重大な変化が起りはじめた。

マキン、タラワ両島を手中におさめ強固な基地を建設したアメリカ軍は、マーシャル群島攻略を目ざして、昭和十九年二月二日砲爆撃を反復した後にクェゼリン島に上陸した。そして、火焔放射器等の最新兵器を駆使して全島を焼きはらい、日本軍守備隊約三、〇〇〇名を全滅させた。

クェゼリンの失陥によって、その西方一、〇〇〇浬《かいり》の位置にある日本海軍最大の基地トラック島は、必然的に最前線にさらされることになった。しかも、ソロモン群島方面の航空戦で日本航空兵力は弱体化し、連合艦隊の多数の艦艇が碇泊しているトラック基地上空は無防備に近い状態であった。

連合艦隊司令長官古賀峯一大将は、敵機動部隊によるトラック空襲は必至と判断し、全艦艇に退避を命じた。決戦に温存しておかねばならぬ海上兵力を、いたずらに敵機の攻撃にさらすことは避けねばならぬと考えたのだ。

艦艇群は、その命令にしたがって満潮を利して続々と環礁《かんしょう》外に出てそれぞれ指示された方向に散り、司令部もパラオに移動した。

古賀の推測は的中し、二月十七日早朝、敵機動部隊から発進した五六八機の敵機がトラックに来襲、退避のおくれた艦艇九隻、油運送船、貨物船、貨客船等計三一隻、特殊艦船三隻が撃沈された。また飛行機二七〇機も粉砕されて、トラックは基地としての機能を失ってしまった。

この結果、日本の手中にしていた中部太平洋の制海権は、半ば以上アメリカ側に奪われた。

絶対的に優位に立ったアメリカ軍は、強力な航空兵力を駆使してさらに攻撃を激化させ、多数の艦艇、船舶を放って二月十八日にはトラック島東方のブラウン環礁に、同月二十九日にはアドミラルティ群島のロスネグロス島にそれぞれ陸軍部隊を上陸させ、いずれも占領に成功した。

トラック島の無力化とアドミラルティ諸島の失陥によって、海軍航空基地であったラバウルは孤立し、日本海軍は窮地《きゅうち》におちいった。

そのような戦局は、セブ島警備に任じる大西大隊にも伝えられたが、同島は最前線から遠く、米機が来襲する気配もなく平穏な日々が過ぎていた。

しかし、独立混成第三十一旅団司令部では島の情勢について決して楽観はしていなかった。セブ憲兵隊では、さかんに情報蒐集につとめていたが、それらはゲリラ部隊の強化をつたえるものばかりで、人員の増加とともに潜水艦ではこばれてくる兵器類も多量に支給されているという。

司令部は、ゲリラ部隊が強大な戦力をもつ前に損害をあたえるべきだと判断し、大西大隊に第三回目の討伐を命じた。実施日は三月二十九日、攻撃地区はセブ島南部であった。

各中隊は、兵力の半ばを出動させて大西中佐指揮のもとに攻撃地区に向った。そして、各所で米匪軍との間で戦闘を展開しかなりの打撃をあたえて追撃をつづけていたが、四月三日第一中隊から大隊本部に思いがけぬ悲報がつたえられた。それは、第一中隊隊長赤嶺豊中尉が戦死したという報告であった。

その日、第一中隊はゲリラの一隊を追いつめ、捜索戦をつづけていた。そして、赤嶺中隊長は、四散した敵兵の状況を視察のため望楼にあがって双眼鏡を眼に押しあてていたが、物かげにかくれていたゲリラ兵の放った一弾が額に命中し即死したのである。

赤嶺中隊長の戦死は、大隊に激しい衝撃をあたえた。戦力が向上しているとは言え、ゲリラ部隊に中隊長が射殺されたことは、大隊の士気に大きく影響し、また、赤嶺の戦死が洩《も》れればゲリラ側の戦意をたかめることにもなる。大西大隊長は、部下の戦意の低下をおそれて、即座に第一中隊長に東中尉を任命するとともに、赤嶺中尉の戦死した地区に兵力を集中して討伐戦をおこなった。そして、四月七日まで行動したが、ゲリラ部隊はいち早くその動きを察したらしく、いずれかに逃走してしまっていた。

大西中佐は、やむなく作戦停止を命じて各中隊にそれぞれの警備地区へ引返させた。

大西中佐は、丁重に赤嶺中尉の遺体を焼骨し、大隊本部で仮の葬儀をおこなった。そして、その遺骨を車でセブ市の旅団司令部に送った。

隊員は赤嶺の死を悼《いた》んだが、大隊が討伐行をおこなっている間に大隊本部に四門の迫撃砲がマニラから送られてきていて、大隊の沈鬱な空気もうすらいだ。それは、砲をもたぬ大西大隊にとって心強い戦力の増加であった。

迫撃砲は銃砲隊に譲渡されたが、銃砲隊員は中国戦線で山砲を使用していて迫撃砲を扱った経験のある者はいなかった。そのため銃砲隊隊長淵脇中尉は、隊員に命じて砲を海岸に据えさせ、海上にむかって射撃訓練を反復させた。

大隊本部は、下方に小野田セメント工場と海を見下す丘陵の宿舎におかれていたが、大西たちは、討伐を終えてもどってきてから、異様な気配に気づくようになった。

セメント工場の前には撤退した米軍の手で完全舗装された道路が海岸沿いに走っていたが、路上を海軍のトラックや乗用車がしきりに往き交う。車は、セメント工場の前を走りぬけて南方へと疾走してゆく。その方面は、ゲリラの出没している治安不良の地区で、海軍にとって無関係な地域であった。

大隊本部の者や銃砲隊員は、丘陵の上からそれらの車の往来をいぶかしそうにながめていた。

「なんであのように車を走らせているんだ。海軍さんは、島の南方に新しく基地でも設けるつもりなのかな」

と、かれらは互いに顔を見合わせてつぶやいていた。

しかし、セブ島駐屯の海軍部隊のあわただしい動きは、基地建設を目的としたものではなく、海軍中枢部に大きな衝撃をあたえる重大事故が発生し、その収拾にあたる動きであったのだ。

二

トラック島に碇泊していた連合艦隊旗艦「武蔵《むさし》」は、アメリカ艦載機による大空襲がおこなわれる以前に他の諸艦艇とともにトラックを出港して、横須賀《よこすか》にもどった。その後、横須賀をはなれ、二月二十八日にパラオ島のコロール泊地に入港した。連合艦隊司令部は、トラック島から約二、〇〇〇キロ後方のパラオに退いたのである。

連合艦隊司令長官は、前年の四月中旬に戦死した山本五十六大将の後任者として作戦指揮にあたっていた古賀峯一大将で、参謀長には福留《ふくとめ》繁中将が配されていた。

パラオ在泊の艦艇は、旗艦「武蔵」をはじめ第四戦隊重巡「愛宕《あたご》」「高雄」「鳥海」、第五戦隊重巡「妙高」「羽黒」、二水戦の駆逐《くちく》艦「白露」「満潮」「藤波」等であった。

約一カ月間、敵機動部隊の攻撃は、専らマリアナ諸島のサイパン、テニアン、グアム、ロタ等に向けられ、パラオ方面に敵来襲の気配は皆無だった。

この間、連合艦隊司令部では、古賀司令長官を中心にZ作戦と秘称された作戦計画が練られていた。それは前年の八月十五日に発令された「Z作戦要領」にもとづくもので、その後戦局の変化に応じて改訂がかさねられていた。

その構想の概要は、次のようなものであった。

一、マーシャル諸島方面を死守し、航空機、潜水艦による奇襲攻撃に乗じて、敵戦力を弱体化することにつとめる。

二、マリアナ諸島、カロリン諸島、西部ニューギニアをつらねる線を確保するため、防備、施設の強化につとめ、敵の来攻に際しては、艦隊は可能なかぎりの全兵力を集中し、航空作戦を主体として決戦する。

三、パラオ方面を全太平洋正面作戦を指揮する根拠地とし、太平洋方面に配備された水上決戦兵力の大部分をパラオに配置する。そして、必要に応じマリアナ諸島方面、東カロリン諸島方面及び西部ニューギニア方面に進出する態勢をととのえる。

この構想にもとづいて、連合艦隊司令部は鋭意検討をかさねた末、三月八日左のような「Z作戦要領」を発令した。

機密聯合艦隊命令作第七三号

聯合艦隊命令　一九・三・八

一　聯合艦隊ハ当分ノ間主作戦ヲ太平洋正面ニ指向シ　同方面ニ於《お》テ敵艦艇攻略部隊来攻スル場合ハ　友軍ト協同　集中兵力ノ全力ヲ挙ゲテ之ヲ邀撃《ようげき》々滅スルト共ニ所要ノ要域ヲ確保セントス

二　本作戦ヲ「Z作戦」ト呼称シ　其《そ》ノ作戦要領ヲ　別冊ノ通（リ）定ム

別冊には作戦方針、作戦要領の二節に、各部隊兵力の現状と今後予想される兵力、及びZ作戦に対する各部隊の配置、作戦方法等が詳細に記されていた。その作戦目的は、防備をかためるとともに奇襲攻撃を展開することにあった。

連合艦隊司令部は、敵の動向をさぐっていたが、三月上旬パラオ東方のカロリン諸島から東南方のニューギニア方面にわたって敵兵力の動きが活発化しているのを察知し、敵の進攻がニューギニア北岸と西部カロリン諸島に向けられる公算が大きいと判断した。

連合艦隊司令部は、同方面に厳重な監視をおこなっていたが、三月二十七日にいちじるしい兆候があらわれた。それは、アドミラルティ諸島基地から発進した多数の敵哨戒機が、長時間飛行しているらしく、互いに交信する電波量の異常な増加が認められた。

司令部では、ハワイ方面の通信状況を注視し検討した結果、西部カロリン諸島とニューギニア間の海域に、アメリカ太平洋艦隊所属の有力な機動部隊が行動中であることを確認した。

司令部は、ただちにその日の午後一一時五五分、各方面に、

「敵機動部隊、西カロリントニューギニア中間ニ行動ノ算アリ」

という緊急信を発した。

この警報によって、中部太平洋方面艦隊司令長官南雲《なぐも》忠一中将は、翌二十八日午前四時一一分カロリン諸島方面に第一警戒配備を下令、第二、第六空襲部隊にも厳戒態勢につくことを命じた。

各航空部隊は、同方面に哨戒機を放って索敵《さくてき》につとめたが、その日の午前九時三〇分、西部カロリン諸島のメレヨン島基地から発進した索敵機から、左のような暗号電報が打電されてきた。

発五五一索敵戦

敵空母二隻ソノ他十数隻見ユ

針路二九〇度速力二〇ノット

地点「ユシ四テノ」（メレヨン島一七三度四二浬附近）

司令部は、その電報によって敵機動部隊が連合艦隊泊地であるパラオの空襲を意図していると断定した。と同時に、索敵機が敵機動部隊を発見した位置がパラオから七五〇浬もへだたった海域であるので、敵機の空襲は二日後の三月三十日以後になると推定した。

しかし、南雲中部太平洋方面艦隊司令長官は、

「明朝（二十九日）、パラオ、メレヨン方面空襲ヲ予期シ警戒ヲ厳ニスベシ」

と、警告を発し、Z作戦空襲部隊指揮官である第一航空艦隊司令長官角田《かくた》覚治中将も、トラック、メレヨンを基地として索敵攻撃をおこなうよう指令した。

翌二十九日、同方面に放たれた索敵機から相ついで敵機動部隊発見の報が打電されてきたので、古賀連合艦隊司令長官は、敵の空襲が予想よりも早くおこなわれる確率がたかいと判断した。

そのため古賀は、午後二時三五分、左のような命令を各方面部隊に発した。

一　一一五七敵空母戦艦各二隻巡洋艦駆逐《くちく》艦各数隻ペリリューノ一三八度三八〇浬、針度二九〇度速力一五ノット、明朝パラオ空襲ノ算大ナリ

二　遊撃部隊ハ取敢ズ空襲ヲ避ケル如《ごと》ク機宜《きぎ》行動スベシ　武蔵　第一七駆逐隊ヲ遊撃部隊ニ編入ス

三　本職一四〇〇パラオニ一時将旗ヲ移揚シ指揮ヲ執《と》ル

この指令にもとづいて、古賀長官をはじめ連合艦隊司令部幕僚は旗艦「武蔵」を退艦して陸上に移り、「武蔵」以下の諸艦艇は、パラオを緊急出港した。そして、北西方に避退したが、「武蔵」は、待ちかまえていたアメリカ潜水艦の魚雷攻撃を受けた。魚雷は「武蔵」の左舷錨鎖孔《びょうさこう》附近に命中しその区劃に海水が浸入したが、強靱な船体には軽微な損傷となっただけでただちに注水装置によって艦の安定度を回復し、速力も衰えることなく日本内地に向った。

敵機動部隊のパラオ空襲は確実になり、航空部隊も敵機動部隊に対して攻撃を開始したが、それは敵の優勢な航空兵力にさまたげられてほとんど効果はなく、翌三十日午前五時三〇分、敵機の大編隊がパラオに殺到した。

パラオに配置されていた戦闘機群は迎撃のため飛び立ったが、圧倒的に機数の多い敵機の集中攻撃をあびてその大半が撃墜され、パラオ基地は敵機の容赦《ようしゃ》ない爆撃にさらされることになった。

その日、空襲は第一波から十二時間後の午後五時三〇分までの間に十一波にわたって反復され、来襲機数は延《のべ》四五六機にも及んだ。

この空襲によって出港のおくれていた艦船に甚大な被害が発生した。その原因は、連合艦隊司令部をはじめ基地隊指揮者が、艦船の緊急退避をうながさなかったためであった。

沈没又は炎上擱坐《かくざ》した艦船は、駆逐艦「若竹」以下艦艇一二隻、工作船「浦上丸」以下一八隻の船舶で、そのほか坐礁したもの四隻に達した。また航空機の損害も大きく、同方面の航空兵力はほとんど潰滅《かいめつ》状態になった。

基地の機能は完全に麻痺《まひ》状態になったが、アメリカ側の攻撃は執拗《しつよう》をきわめ、翌三十一日も空襲がつづけられた。まず午前六時三〇分に敵機の大編隊が来襲し、その後、空襲は午後二時まで六波にわたって反復され、主として地上の軍需品集積倉庫等を銃爆撃し、さらに艦船の出入口である西水道と港内に多数の磁気機雷を投下した。

連合艦隊司令部は、パラオの防空壕内におかれていたが、前日の三十日夜にパラオを去ってフィリピンのミンダナオ島にあるダバオ基地に後退し、さらに最終的にはサイパンに移動することが決定していた。

その理由は、敵機動部隊の来襲後、パラオに敵が上陸作戦をおこなうおそれがあると判断されたからであった。もしも、そのような上陸作戦が実施されれば、連合艦隊司令部はパラオにとじこめられ、全軍の指揮は不可能になる。それは日本海軍にとって致命的な打撃になることはあきらかだった。

司令部内では、移動方法の検討がつづけられ、結局四、〇〇〇浬近い大航続力をもつ二式大型飛行艇によってダバオに向うことに意見がまとまった。そして、古賀連合艦隊司令長官は、三月三十一日午前八時五八分、

一　聯合艦隊司令部ハ本三十一日夜（又ハ四月一日黎明《れいめい》）パラオ発ダバオ経由サイパンニ進出ス

二　進出輸送飛行艇八五一空ヨリ二機、八〇二空ヨリ一機派遣セラレ度《たし》

という命令を発信した。

出発日時については、三十一日夜が望ましかったが、移動にともなう準備をととのえるためには無理であるという意見が強く、第二案の四月一日未明に出発することに内定し、三機の二式大艇に分乗する者の人員が定められた。

まず第八百五十一航空隊から派遣される二機の二式大艇のうちの一機を一番機として、連合艦隊司令長官古賀峯一大将、艦隊機関長上野権太大佐、首席参謀柳沢蔵之助大佐、航空参謀内藤雄中佐、航海参謀大槻《おおつき》俊一中佐、副官山口肇中佐、柿原饒軍医少佐、暗号長新宮等大尉が便乗することになった。

また第八百二航空隊所属の二番機には、参謀長福留繁中将、艦隊軍医長大久保信

軍医大佐、艦隊主計長宮本正光主計大佐、作戦参謀山本祐二中佐、機関参謀奥本善行大佐、水雷参謀小池伊逸中佐、航空参謀小牧一郎少佐、島村信政中佐（気象）、掌通信長山形中尉その他二名が便乗し、第八百五十一航空隊の二式大艇を第三番機として司令部の暗号士、暗号員が乗ってダバオに向うことになった。

司令部では、移動準備をはじめたが、三十一日午後ヤップ方面に二群の機動部隊発見の報が入電し、翌日に敵機の大編隊が来襲することが予想された。そのため司令部では、再び第一案を採用することになり、移動準備を急がせて三十一日夜にダバオに向うことに決定した。

三

第八百二航空隊は、三月九日付で中部太平洋艦隊司令長官の直属となり、基地をサイパンに置いていた。同航空隊は、トラック空襲で全滅し、サイパンで再建されたのである。

パラオが空襲を受けていた昭和十九年三月三十一日午後、二式大艇第十九号艇搭乗員に対し、

「至急、指揮所前に集合せよ」

という命令が発せられた。

搭乗員たちが指揮所前に急ぐと、同艇の機長である分隊士岡村松太郎中尉が緊張した表情で待っていた。

岡村中尉は、整列した隊員にサイパン基地を出発してパラオに向う旨の命令を受けたと告げた。現在パラオは前日から敵機動部隊の艦載機による空襲を受け、艦艇は避退し連合艦隊司令部は陸上にとどまっている。司令部は、艦隊終結予定地のダバオに移動を策し、サイパン基地に二式大艇二機を派遣するよう指示してきたのだと告げた。

他の一機は、同じサイパンを基地とする第八百五十一航空隊の大艇で、灘波正忠大尉が機長として第一番機となる。そして、連合艦隊司令長官古賀峯一大将以下高級幕僚を乗せて輸送に従事するという。

岡村中尉を機長とする第二番機には、連合艦隊参謀長福留繁中将以下幕僚が便乗し、第一番機とともに今夜ダバオに向う。また第三番機は、ダバオに待機していた第八百五十一航空隊の安藤敏包中尉機で、夜の間にパラオに向い、明朝パラオを出発してダバオに引返すことが予定されていた。

「ただちに出発準備を整えよ」

岡村は、部下に命じた。

搭乗員たちは、すぐに第十九号艇の出発準備にとりかかったが、岡村機長には、一抹《いちまつ》の不安があった。かれは、飛行時間も長い沈着な航空士官であったが、フィリピン方面を飛行した経験はなく、ミンダナオ島のダバオは未知の地であった。かれは同方面の詳細な航空地図を得たいと思ったが、それを入手することはできず、簡単な地図のみで夜間にダバオへ飛行することは困難に思えた。

しかし、同行する第一番機の機長灘波大尉は、パラオからダバオ間を何度も往復した飛行経験があった。灘波は、

「おれが道案内をつとめるから、安心しておれよ」

と、岡村をはげました。

また航空隊司令から第二番機に連合艦隊司令部航空参謀小牧一郎少佐が便乗予定であることも伝えられ、岡村の不安は解消した。小牧少佐は、パラオからダバオまでの航路を熟知していて、岡村に有効な指示をあたえてくれるにちがいなかった。

二機の飛行艇は、燃料を満載し敏速に整備を終えた。

午後五時、一、五三〇馬力四基のプロペラが重々しく回転しはじめ、まず第一番

機が白波を蹴立てて湾内を走り、巨大な機体が海面をはなれた。それにつづいて第二番機も、轟音《ごうおん》とともに離水し、機首を南西方向に向けた。

両機は、前後してサイパン島上空をはなれた。機内には、二〇ミリ機銃五挺が四個所の銃座に設けられていて、射手は銃座にとりついていた。

やがて、雲が茜色《あかねいろ》に染まりはじめ機体はまばゆく輝いた。そのうちに、日没がやってきて、夜の色が両機をつつみこんだ。

空に星が散っていたが、徐々に雲量が増してあたりに濃い闇がひろがりはじめた。計器に淡い灯が点じられているだけで、機内は暗く、ただ四基の発動機から起る音がきこえるのみであった。気流は安定していて、機は揺れることもなかった。

時計の針が、午後八時をまわった。

敵艦載機は夜間に来襲する確率は少ないが、パラオ基地も近くなったので搭乗員の緊張は増した。かれらは、周囲の空に警戒の眼を向けていた。

午後九時、機はパラオに接近し、パラオ陸上基地と連絡をとった。基地からは、敵機と誤認することを避けるため正しく北方から第一番機、第二番機の順序で降下し、湾内の指示した位置に着水するよう指示してきた。

両機は、機首を北方に転じ、大きく旋回しながらパラオ島に近づいた。

前方の闇に、多くの粒状の光がかすかに浮び上ってきた。それは人家の灯の群のように見えたが、近づくにつれて炎の乱舞であることがあきらかになった。地上施設が空襲で炎上し、艦船も被害を受けているらしく湾内や水道にも炎がひらめいていた。

搭乗員たちの顔に、悲痛な表情がうかんだ。その火炎は、空襲のすさまじさと基地が潰滅的な被害を受けたことをしめしていた。

第一番機が、両翼の着水灯を点じながら、北方から湾内に降下してゆく。そして、無事海面に着水すると、繋留浮標のある位置に移動した。

それにつづいて第二番機も着水しようとしたが、慎重な岡村中尉は、敵機が飛来して攻撃されることを懸念し、後部の座席にすわっている主偵察員の吉津正利一等飛行兵曹にあらためて周囲の偵察を命じた。

吉津は、部下の偵察員に上空監視をつづけさせたが機影らしきものを眼にすることはなかったので、

「分隊士、異常なかようです」

と、九州訛《なま》りの言葉で岡村中尉に報告した。

「よし、着水する」

岡村機長は答えると、第一番機と同じコースをたどって機を降下させていった。そして、両翼の着水灯をともして海面を照らすと着水させた。操縦は巧みで、機体はほとんど衝動もなく海面に接した。

岡村は、機を移動させて機体を浮標に繫留すると、陸上に発光信号を送り、

「第二番機、到着ス」

と、報告した。

それに対して陸上から、

「シバラク待テ」

と、メガホンで指示してきた。

湾内は、炎の反射であかるんでいた。夜空には、黒煙にまじって無数の火の粉が舞いあがり、島全体が噴火しているような錯覚さえあたえた。

搭乗員たちは、機内から出ると主翼の上にあがった。燃料補給や司令部員の携帯品などの搭載には、かなりの時間が費されるにちがいないので、その間に休息をとろうとしたのだ。

かれらは、翼の上に坐ると煙草を吸い、地上施設から立ち昇る炎をながめていた。

そうした中で、ただ一人副操縦員の今西善久一等飛行兵曹は、休息をとる暇もな

く機内にとどまって重量計算に熱中していた。飛行艇の離水はむずかしく、機に重量が均等に配分されなければ安定度を失うので、搭乗する者たちを機内の適当な場所に割りふらねばならなかったが、参謀長福留中将以下高級幕僚の乗りこんでくる人数は、不明であった。

今西一飛曹は、おそらく便乗者数は十名前後だろうと推定し、九名、十名、十一名、十二名の四つの場合にわけ、それぞれ一人の体重を平均六〇キログラムとして重量計算をし、便乗者の乗る位置をしめした四つの表を作成した。

第十九号艇が着水して一五分ほどたった頃、驟《しゅう》雨《う》が落ちてきた。主翼の上にいた者たちは機内に入り、今西一飛曹は、速度計測のピトー管に雨がかからぬよう急いでおおいをつけた。

搭乗員たちは、機内で休息をとった。雨勢は激しく、海面は白く泡立っていた。かれらは、雨にかすんだ遠い炎の色を窓ごしにながめていた。

いつの間にか雨脚が、細くなった。

九時三〇分頃、突然陸上からメガホンで指令がつたえられてきた。敵機編隊が接近し空襲警報が発令されたので、ただちに出発することに決定したと言う。

パラオに基地をおいていた第三十根拠地隊附属航空隊の隊員は、その夜、艦隊司令部から長官一行を乗せる予定の二式大艇二機がサイパンからパラオにやってくるので、燃料補給するように命じられ、待機していた。

やがて、二式大艇二機が相ついで着水したので、燃料補給をはじめようとした。その補給指揮にあたった同航空隊高橋光雄兵曹長は、左のような回想をしている。

「水偵ノ滑走台ガアル突堤《とってい》ニ、二式大艇ヲロープデ引キ寄セ、ドラム缶ノ燃料ヲ機内ニ入レヨウトシマシタ。

トコロガ、二人の参謀ガ、燃料補給ハ必要ナイ、一刻モ早ク出発スルト大声ヲアゲテ私タチヲ制シマシタ。空襲警報ガ発令サレテイマシテ、陸地ニ積ミ上ゲラレタドラム缶ガ燃エテイテ、シキリニ爆発音ヲ立テテ炎ヲフキ上ゲテイマシタ。参謀タチハ、敵機ガ来襲シテ投弾シテイルト思ッタヨウデシタ。

参謀タチノ中デ、只一人、古賀長官ダケガ突堤ニ置カレタ椅子ニ身ジロギモセズ無言デ坐ッテイルノガ印象的デシタ。

二人ノ参謀ハ、

『補給ハシナクテヨイ。出発ヲ急ゲ』
ト、言イツヅケテイマシタ。長官機ニハ同期ノ片岡嘉一郎兵曹長ノ顔モ見エマシタ」

このような経過で、第一番機、第二番機は、予定していた燃料補給をおこなわず出発することになったのである。

その旨が両機にもつたえられ、機内でも急速に離水準備がととのえられた。

そのうちに、二艘のゴム舟艇がエンジン音を立てて海岸をはなれ、一艘は第一番機に、他の一艘は第二番機に近づいてきた。

搭乗員たちは、緊張した。第一番機には古賀連合艦隊司令長官が、第二番機には福留参謀長が乗りこんでくる。連合艦隊の最高首脳者たちと同乗できる機会は皆無に近く、かれらは光栄に思うと同時に、責任の重大さを意識した。

ゴム舟艇が機体に接して、エンジンをとめた。そして、艇から軍服を身につけた幕僚たちが機内に入ってきた。

内部は薄暗く階級はわからなかったが、幕僚たちの交す短い会話で、肥満した士官が参謀長福留繁中将であると察することができた。

今西副操縦員は、便乗者数が十一名であることをたしかめ、あらかじめ作成していた重量計算表にもとづいて暗がりの中で便乗者たちに座席の位置を指定した。かれらは、素直に今西の言葉にしたがったが、航空参謀小牧一郎少佐のみは、機長席のすぐ後にある座席に席をとった。小牧は、地理不案内の岡村機長に指示をあたえるのに都合《つごう》のよい席を占めたのだ。

今西は、便乗者たちに、

「離水時と離水後しばらくの間、席について動かぬようにして下さい」

と、頼んだ。

かれは、重量計算が予定通り進められたことに安堵した。が、かれは緊急出発の混乱の中で、ピトー管のおおいをはずさねばならぬことを忘れてしまっていた。

今にも敵機編隊が来襲するかも知れぬという緊迫感が機内にみち、離水準備が急がれた。もしも空襲があれば、着水した飛行艇は、たちまち敵機の集中攻撃を浴びて炎上させられることは確実だった。

そのうちに、プロペラの回転する轟音がきこえてきて、第一番機が火炎の反映であかるんだ湾内を滑り出し、速度をあげると海面をはなれていった。時刻は、午後九時三五分であった。

しかし、福留参謀長らが第十九号艇の機内に入ったのはおくれていたので、第二番機が離水したのは、それから五分後であった。行動を共にすることになっていた両機にとって、それは好ましくない誤算であった。

第二番機は、離水すると速度をあげて西方に進み、第一番機を追った。雲間から月齢六日半の月がのぞいていて、天候はいつの間にか好転していた。機は、第一番機の姿を発見しようとしたが、第一番機は敵機の来襲を恐れて高速度でパラオからはなれることにつとめているらしく、機影を眼にすることはできなかった。

第二番機は、第一番機の誘導でダバオに向う予定であったが、その計画は崩れ去った。地理不案内の岡村機長は、単独で飛行する以外にないことを知った。

岡村機長は、主偵察員の吉津一飛曹に、

「フィリピンに行ったことがあるか」

と、不安そうにたずねた。

吉津がないと答えると、岡村は、

「おれも数年前船上から見ただけで、ダバオは知らぬ」

と、つぶやいた。

吉津は、航法目標灯を投下することによって位置確認をしようとしたが、断念した。目標灯は投下着水後海水が浸入して発火剤が火を吹くが、その火が敵機に発見されるおそれがあったからであった。

二機の二式大艇は、行動をともにすることになっていたが、予定が実行されなかったのは、空襲警報が発令されたためであった。しかし、現実には、その後パラオには敵機の飛来はなかった。敵機編隊接近中という緊急報告は、味方機を敵機と錯覚した警戒部隊の誤報であったのだ。

第二番機は、轟々と四基のプロペラを回転させて月明の夜空を高度三、〇〇〇メートルで西進した。針路は、ミンダナオ島ダバオ附近の海面に突出しているサングスチン岬に定められていた。搭乗員は、誘導機である第一番機の視認につとめたが、かなり距離がはなされてしまったらしく、発見することを断念せざるを得なかった。

天候は良好だったがパラオを出発してから約一時間後、前方に黒雲が出現し、月は、次第に増加する雲にかくれてしまった。

やがて機は、密雲の中に突入し、激しい雨につつまれた。と同時に、機体は大きく動揺しはじめた。

岡村中尉は、すぐに機を上昇させ高度を五、五〇〇メートルまであげたが、密雲は厚くぬけ出すことができず、動揺は上下左右に一層激しさを増してきた。雲は、雷雨性積乱雲で、雷鳴がとどろき、稲光りが絶えずひらめいていた。

岡村は、危険を感じて機首を北方にめぐらし、速度をあげた。そして、密雲のうすれている位置に出ると、再び西に機首を向けた。かれは、雲の北端に沿って機を西航させたのだ。

しかし、その附近も風雨ははげしく、機は恐しいほどの動揺をくり返した。

偵察員は、推測航法をつづけ、その報告にもとづいて、岡村は密雲を避けながらサンアグスチン岬を目ざした。

重苦しい空気が機内にみち、口をきく者もほとんどいない。機は、動揺をくり返し、時には強い衝撃が加わることもあった。

パラオを離水してから二時間が経過し、ダバオも近いと推定された。が、依然として雲は厚く、視界は完全に閉ざされていた。

やがて雲量が少なくなって、機はようやく密雲の外に出た。時刻は、四月一日午前零時三〇分すぎであった。

夜空には、冴えた月光が輝き、星が明るく散っている。密雲の中を通過してきただけに、機内の者たちにはその夜空がひどく美しいものに感じられた。

偵察員は、すぐに眼下をさぐったが、そこには夜の海がひろがっているだけでミンダナオ島のサンアグスチン岬を眼にすることはできなかった。

吉津主偵察員が、星の光をたよりに天測を綿密におこなった。かれは天測に自信をもっていたが、測定結果は意外にもダバオから一六〇浬北方の位置であった。かれは、機が予定航路から大きくそれていることに気づいたが、その差が余りにも大きいので、天測に使用した腕巻式航空時計が狂っているのかと思った。

かれは、思案の末、岡村機長に天測の結果を報告したが、航空時計が狂っているおそれが多分にあると率直に意見を述べ、偵察員のつづけてきた推測航法を信用すべきだと進言した。

岡村は諒承し、機を三、〇〇〇メートルの高度で西進させたが、いつまでたっても陸影を眼下に発見することはできず、機内に焦慮の色が濃くなった。

午前一時すぎ、月が没した。

偵察員は、双眼鏡を水平線に向けていたが、やがて前方に淡い陸影が浮び上るのを発見した。機内に、安堵の声があがった。推測航法による位置計測が正しければ、それは到達目標のサンアグスチン岬かその附近であるはずだった。

岡村機長は、機首をさげ島影にむかって機を降下させていった。

やがて機は、陸影の上空に達したが、それはフィリピンのルソン島につぐ大きな島であるミンダナオ島ではなく小さな島であった。

機内に暗い空気がよどんだ。フィリピン諸島の一つであることは確実だったが、機は目標位置からはずれてしまっていることがあきらかになった。

機は、島の海岸線に沿って進み、島の輪郭をたどりながら機内におかれた地図と照合した。その結果、ミンダナオ島の北方に浮ぶカミギン島であることが判明した。それは、ダバオから一六〇浬北にあたっていて、吉津主偵察員の天測による位置測定が正しかったことをしめしていた。つまり、機は、目標位置から北へ大きくそれていたのだ。

機がカミギン島上空に達していることを知った福留参謀長と小牧航空参謀は、予定を変更して航路も熟知しているルソン島のマニラに行くべきだと主張した。マニラまでは二時間弱、ダバオまでは海岸線沿いに進むと約一時間の位置であった。

岡村機長は諒承し、岡田一等整備兵曹に燃料の残量について問うたが、その報告は、マニラ行きが不可能であることをしめしていた。岡田の報告によると、燃料は三〇分余の飛行に堪《た》える量しか残っていなかった。機は、パラオで緊急離水を命じられたため燃料補給ができず、その上密雲を突破するのに速度をあげ、さらに密雲の外辺部を迂回《うかい》したため燃料不足におちいってしまっていた。

岡田の報告によって、機はマニラにもダバオにも達することは不可能になり、三〇分以内に不時着しなければならなくなった。

岡村機長は不時着地の選定に苦慮したが、福留参謀長と小牧航空参謀の意見にしたがって、機を九〇マイル弱の距離にあるセブ島に向けた。同島のセブ市には、海軍基地があり、その附近に着水することが最も好ましいと判断された。

機は、西進してボホール島西端をかすめ、海峡を通過してセブ島東海岸上空にたどりついた。そして、海岸線沿いに北上し、セブ市に向った。

やがて、前方の海岸線におびただしい灯の群がみえてきた。深夜にそれほど多くの灯の集落があるのは、セブ市以外にないはずだった。

機内にただよっていた重苦しい空気は、灯の群にたちまち拭い去られた。セブ市附近に着水すれば、機も人命もそこなわずに基地隊に収容されることは確実だった。

機は、高度をさげて灯の集落に近づいていった。

福留参謀長は、セブ市に赴いたこともあるので、座席から立つと岡村機長の後に近づき灯を凝視した。セブ島には多くの町村があるが、電気があるのはセブ市のみで、灯の群は市街の灯と断定された。

しかし、セブ島には、セブ市以外に発電施設をもった場所があった。それは、セブ市南方二二キロの海岸線に設けられたナガ町の小野田セメント製造株式会社ナガ工場であった。

小野田セメント・ナガ工場では、たまたまその夜は徹夜作業がつづけられていた。生産されたセメントは南方占領地域の陸・海軍に供給されていたが、前日の三月三十一日は昭和十八年の年度末日にあたっていて、陸・海軍は同工場からその年度に割当てられて残されていた大量のセメントの受け入れにつとめていた。その作業は、四月一日の日の出時刻を期して終了されることになっていたので、工場側では軍の要請にもとづいて全員が睡眠もとらずにセメントの搬出作業に従事していた。

工場では、電灯を煌々《こうこう》とともし、海に伸びた八〇〇メートルに及ぶ突堤につらなる作業灯にも点灯していた。そして、工場からセメントの袋を満載した貨車が、突堤上に敷かれたレール上を進んで、セメントを軍用貨物船に移していた。

そうした徹夜作業中の小野田セメント工場の灯を、第二番機の機内の者たちは、セブ市の灯と錯覚した。

機は高度を三〇〇メートルまでさげ、着水に適した海面を定めた。そして、両翼の着水灯を放ってみたが、水面は暗黒の闇で灯はとどかず着水は不可能だった。

やむなく岡村機長は、機上から着水照明筐《しょうめいきょう》の投下を命じた。それは、海水の浸入によって発光する夜間着水用の照明装置であった。

機は、四基のプロペラのうち中央の二基だけを旋回させて照明筐の投下海面に機首を降下させていったが、旋回時に長い時間が費されたので照明灯は消えてしまっていた。

岡村は、再び照明筺を投下させると、機を急旋回させ海面に接近させたが、灯はまたも消えていた。

燃料は、すでにつきかけていた。日の出を待って明るくなった海面に着水するのが理想だったが、それは到底望むべくもなかった。

岡村は、強行着水を決意し、

「これから着水します」

と、機内の者に伝えた。

機は、徐々に降下しはじめた。着水する折には、機首をあげエンジンの出力を増加させて着水姿勢をとり、接水と同時に出力をしぼる。

副操縦員の今西一飛曹は、高度計の計器盤を凝視していた。針が一〇〇メートル、八〇メートル、七〇メートルと移動してゆく。が、ピトー管のおおいをかけたままであったので速度がわからず、それが高度計の誤差を生んでいた。

高度計の針が五〇メートルをしめした時、岡村機長が着水姿勢に入るため機首の引き上げにかかった。その瞬間、海面が突然前方にあらわれ、機は海上に突きこんでいた。

激しい衝撃が機体をはずませ、破壊された個所から海水が奔流のように機内に浸入してきた。機は、着水に失敗し墜落したのだ。日時は、四月一日午前二時五四分であった。

機内から、乗員が海上にこぼれ出た。主偵察員吉津一飛曹もその一人で、墜落の瞬間、かれはなにかに頭をぶつけたらしく意識を失い、気づいた時には海中に投げ出されていた。

かれは、身を軽くするため急いで飛行服、飛行靴をぬぎ、防暑服のみになった。そして、燃料に引火のおそれがあるので、闇の海を泳いで機からはなれることにつとめた。

しかし、二〇メートルほど離れた時、後方で激しい引火音が起り、あたりがまばゆいほど明るくなった。振返ってみると、尾翼を突き出した機体からきらびやかな炎がふき上げていた。

かれは、愛機の痛ましい姿に堪えがたい悲しみを感じ、立泳ぎしたまま挙手の礼をとった。附近は潮流が激しく、二式大艇は、燃えながら潮にのって夜の海面を遠ざかっていった。

機体から流れ出た燃料の炎で海面が明るくなり、吉津一飛曹の眼に泳いでいる二個の人影がみえた。かれは、

「オーイ、オーイ」

と、声をかけながら人影の方に泳ぎ出すと、所々で同様の声が起った。人影が、一個所に集ってきた。海上に声をかけて生存者の確認につとめたが、その位置に集ったものが生存者のすべてであった。

それは、連合艦隊参謀長福留繁中将、作戦参謀山本祐二中佐、掌通信長山形中尉と、搭乗者の機長岡村松太郎中尉をはじめ吉津正利、今西善久、浦杉留三各一飛曹、岡田敏郎、奥泉文三一整曹、下地康雄上等飛行兵、針谷高、田口二飛曹、谷川整備兵長の計一三名であった。

また機内に残って死亡したのは、連合艦隊軍医長大久保信軍医大佐、主計長宮本正光主計大佐、機関参謀奥本善行大佐、水雷参謀小池伊逸中佐、航空参謀小牧一郎少佐、気象担当島村信政中佐、高橋兵曹長、石川二曹の八名であった。これらはすべて連合艦隊司令部の士官、下士官で、二式大艇の搭乗員は奇蹟的にも全員海上に脱出したか、または投げ出されたのだ。

生存者の中には墜落時の衝撃で傷ついている者がいた。山形中尉は、後頭部と左

腕に火傷を負い、田口二飛曹は左足に重傷を負って呻いていた。

海上は暗かったが、星の位置で北方に泳げばセブ市附近の陸岸に泳ぎつくことが確実と予想された。かれらは、一団となって泳ぎはじめたが、針谷二飛曹が、なにか浮くものを探してくると言って、機が墜落した方向にもどって行った。

岡村たちは泳ぎながら針谷の引き返してくるのを待っていたが、針谷は溺死《できし》したらしくその姿を再び眼にすることはできなかった（後に針谷二飛曹は、同日戦死と認定された）。

かれらは、互いに励まし合いながら泳ぎつづけた。

重傷の田口二飛曹には海面に浮んでいた救命胴衣をつけさせ、吉津一飛曹と岡田一整曹が附き添って北方へ曳《ひ》きながら泳いでいった。すでに田口二飛曹の意識はうすれ、時折低い呻き声をあげるだけになっていた。

火傷を負っていた山形中尉と福留中将は、浮力のある飛行艇のクッションにつかまり、岡村機長は、肥満した福留中将の身を案じて傍を泳いでいた。また泳ぎの不得手な奥泉一整曹は、救命胴衣をつけた今西一飛曹の背につかまっていた。

潮流は激しく、波のうねりが高い。そのうちに潮が南に転じて、かれらは南に押し流されはじめた。が、その中でただ一人泳ぎの巧みな谷川整長は、友軍の救出を仰ぐ目的で潮流にさからって陸岸に向って泳いでいった。

潮流にかなり流されたのか、前方に陸影は見えず、上空から見下した灯の集落もいつの間にか消えていた。かれらは、ナガ町南方のサンフェルナンド町沖方向まで流されていた。

かれらの疲労は、つのった。手足の感覚が失われ、意識もうすれてきていた。それに、海水の冷たさも体にしみ入ってきていて、かれらはただ手足を動かしているだけになっていた。

墜落してから二時間ほど経過した頃、空が青ずみはじめ、星の光がうすれてきた。海上は仄明《ほのあか》るくなって、前方に陸影が浮び上った。はるか右方に灰色の煙突がみえたが、かれらはそれが小野田セメントの煙突とは知らなかった。

やがて海上に、南国のまばゆい陽光がさしはじめた。目測で陸上まで約三、〇〇〇メートルと推定できた。が、かれらは潮流にもまれ、いつの間にか煙突も見えなくなり、海岸線をふちどる椰子が前方にひろがるだけになった。

かれらは、余力をしぼって泳ぎつづけたが、陸地は近づかない。眠気と激しい疲労で沈みかける者が続出したが、その都度他の者が声をかけて励まし合った。

吉津一飛曹と岡田一整曹は、田口二飛曹の体をひいていたが、田口の唇がうっすら開き、しかも青くなっているのに気づいた。声をかけ体を激しくゆすってみたが、田口はすでに呼吸をとめていた。体をしらべてみると、左足が大腿部から切断されていて右足も踵から下の部分がなくなっていた。田口は、墜落時に落下した電信機で足をくだいていたのだ。

吉津と岡田は、田口の遺体を陸地までひいて行ってやりたかった。が、田口の身につけていた救命胴衣の浮力は失われていて、海中に沈みかける。吉津と岡田は、つかまる物もなく数時間泳いでいたので体力も失われ、遂に田口の遺体をはなした。遺体は潮に流されながら濃紺の海中に沈んで行った。

すでに泳ぎはじめてから八時間近くが経過していた。体力は限界を越え、かれらは弱々しく手足を動かしているだけになった。

泳ぎの巧みな下地上飛が、

「分隊士、私が先に陸地へ泳ぎついて船を持って来ます」

と、岡村中尉に言った。

岡村は制止したが、下地は、

「大丈夫です」

と言って、陸地に向って泳いで行った。その後下地は海岸に達した気配もなく、行方不明になった。

その頃から、集団がくずれはじめ、体力の衰弱の激しい者たちが潮に流されて南へ移動していった。それは、福留中将、山本中佐、岡村中尉、吉津一飛、岡田一整曹の五名で、たちまち他の四名の姿はみえなくなった。

吉津は、何度も沈みかけては海面に顔を出していたが、だれの口からともなく、

「フネ」

という言葉がもれるのを耳にした。

吉津は、陸地の方向に眼を向けた。たしかに十艘ほどの小舟が、こちらに近づいてきている。舟は細長い形をしたカヌーで、その上に漁民らしい半裸の男たちが乗っていた。

福留中将をかこむように泳いでいたかれらの顔に、生色がよみがえった。カヌーに乗っているのはあきらかに現地人で、自分たちの姿に気づいているようだった。セブ島は、日本軍が完全占領している島で、かれらフィリピン人が危害を加えるとは思えなかった。

吉津たちは、声をあげ、手をふった。

カヌーが、近づいてきた。船の上には男が二人ずつ乗っていて、警戒するような

眼を注いでいる。そして、カヌーの群は、吉津たち五名の泳いでいる海面を取りかこんだ。

しかし、何を恐れるのかカヌーの群は急に散ると遠ざかり、しばらくするとまた周囲に集ってきた。そんなことを何度か繰返した後、周囲に漕ぎ寄せてきたカヌーの上から、半裸の男たちが口早にわめきはじめた。意味は不明だったが、手ぶりでカヌーに一人ずつ乗れと言っていることを朧《おぼろ》げに理解できた。

福留中将と山本中佐は、Z作戦計画書と暗号書関係の図書類を入れた防水書類ケースを携行していた。むろん敵手におちるおそれがある場合には海中に投棄しなければならなかったが、カヌー上の現地人に不穏な気配は全く感じられず、ケースを海中に沈めることはしなかった。

溺死寸前にあったかれらは、現地人のすすめに喜んで応じた。そして、近づいたカヌーの船べりにしがみつき、一人ずつ船上に這《は》いあがった。

全員をのせたカヌーの群は、そのまま陸地に向うにちがいないと思ったが、予想に反して思い思いの方向に進みはじめた。吉津のカヌーは北へ向い、しばらくすると他のカヌーは見えなくなった。

吉津は、幾分不安になった。が、二人の男は櫂《かい》を勢よく操り、カヌーは椰子の繁る岸にむかって近づいて行った。

陸地まで五〇メートルほどの距離に達した時、海岸の後方にひろがる密林の中から五、六〇名の現地人が砂浜に出てくるのが見えた。大半が半裸で、こちらを凝視している。

不意に、吉津は背後から声をかけられた。

振向くと、意外にも艫《とも》で櫂を操っていた男が腰の蛮刀《ばんとう》をひきぬき、なにか言っている。そして、手をのばすと、吉津の体にさわり、防暑服のポケットを探りはじめた。

吉津は、男が金品を欲していると察し、財布をとり出すと男に手渡した。男は、濡れた紙幣と硬貨をぬきとると、無造作に財布を海に投げ捨てた。

その仕草に、吉津は憤りを感じた。かれらが、決して良民ではないらしいことに気づいた。

舳《みよし》に立っていた男が櫂を操ることをやめ、身をかがめると船底の縄をとり上げ近づいてきた。

吉津は、男が自分を縛り上げようとしていることを直感し、傍におかれた櫂をつかむと立ち上った。その体の動きで、カヌーが激しく揺れ、疲労しきっていたかれの体はよろめいた。

かれは、膝をつき男の気配をうかがった。背後の男は、叫び声をあげて刀をふりあげている。衰弱しきったかれが抵抗しても無駄なことはあきらかだった。

かれは、やむなく船底に腰をおろすと、鋭い眼でかれらを凝視しながら両手をそろえてさし出した。一応、男たちのするままに身を委ねた方がよいと思ったのだ。

男が近づき、かれの両手をきつく縄で緊縛《きんばく》した。そして、再び櫂をとり上げると、カヌーを岸に進ませた。

カヌーが舳を砂浜にのし上げ、吉津は砂地の上に立たされた。集ってきた男たちがかれの体をとりまき、なにか互いに言葉を交しながら縄をつかんで曳くと先に立って歩き出した。

砂浜のゆるい傾斜を上ると、完全舗装された道路が海岸沿いに走っていて、道路を横切ると男たちは密林の中に足をふみ入れた。

数十名の男たちは、大半が腰に蛮刀を帯び、黙々と林の中の小路を進んでゆく。

吉津は、両手を縛られて引立てられていったが、セブ島は日本軍の占領している地であるし、結局は男たちが自分を日本軍のもとに連れて行ってくれるにちがいないという希望を捨てきれなかった。

それに吉津は、蛮刀をもっただけのかれらを敵と考えることができなかった。第一線部隊の航空機の搭乗員であるかれの接してきた敵は、常に重装備をほどこして来襲する殺気にみちたものであった。が、それとは対照的に、かれの周囲を歩く半裸の男たちは、たとえ刀を腰に帯びていても敵という概念とは程遠いものであった。

男たちは、密林の奥深く入ると、沈黙を破ってにぎやかに会話を交しはじめた。かれらの空気は急になごやかになり吉津に眼を向けて笑う者もいれば、歌を口ずさむ者もいる。そのうちに、一行は澄みきった水の流れる川の畔で停止し、腰を下した。

一人の男が近づいてくると、手の縄をとき粥状《かゆじよう》に煮た玉蜀黍《とうもろこし》を盛った洋皿を渡してくれた。吉津は、前日の夕方機上で食事をとっただけなので、食物をむさぼるように口に入れた。そして、激しい咽喉の乾きをおぼえて、男に頭上の椰子の実を指さした。男は、うなずくと、巧みに樹上にのぼって実をとってくると、実の端を切って汁を飲ませてくれた。

吉津は、幾分元気を恢復《かいふく》したが、素足で長い間歩かされたので、足の裏が傷ついて痛かった。かれは、男に履物が欲しいと手真似で伝えたが、男は素気なく顔をそらした。

三〇分ほど休息した後、吉津は再び手を緊縛され引き立てられた。

浅い川を渡ると、道は急坂になって、丘の上に出た。依然として密林はつづいていて、吉津は男たちにかこまれながら足をひきずって歩きつづけた。

日が傾きはじめた頃、一行は足をとめた。そこはなだらかな傾斜の中腹で、人家が三戸点在していた。その一廓に丸太で組んだ一坪ほどの小舎《こや》が立っていて、かれは縄をとかれるとその中に投げこまれた。

小舎の外をうかがったかれは、米軍の作業衣に酷似したシャツを身につけた数人のフィリピン人が、肩から自動小銃をかけて小舎の周囲に立っているのを見た。かれは、男たちが正規の軍人ではないが、それに準ずる者たちであることを本能的にさとった。

かれは、セブ島に米匪軍と呼ばれているゲリラ部隊が組織されていることを知らなかったが、武装したフィリピン人を眼にして、男たちが友軍のもとに連れていってくれるのではないかという望みは失《う》せ自分が敵側に捕えられたことをはっきりと知った。

四

吉津一飛曹は、福留中将らの安否を気遣《きづか》った。カヌーに乗せられたかれらが、自分と同様の憂目《うきめ》に遭っていることは十分に想像できた。

日が没して間もなく、懐中電灯を手にした男が丸太小舎に入ってきた。

かれは、意外にも日本語が巧みで吉津を慰めるようなことをしきりに口にした。

「ここは、なんという島か知っているか」

男が、言った。

吉津は、セブ島だと思っていたが確信はなく、頭をふった。

「ミンダナオ島だよ」

男は、答えた。その声は低く、小舎の外の監視兵の耳を恐れているように思えた。

吉津は、男の顔をみつめた。もしかすると男は日本軍に好意をいだいている者かも知れぬと思った。島がミンダナオなら、飛行艇で赴く予定のダバオ基地がある。

かれは、

「ここからダバオの日本海軍基地までどのくらいの距離か」

と、質問してみた。

「二頭立ての馬車で行けば、二、三時間で到着できる」

男が、声をひそめて言った。

吉津は、男が日本軍側に属している人物のように感じ、男の協力を得て脱走しようと思った。

男は、吉津の意図を察したらしくにじり寄ると、

「あなたに逃げる気持があるなら、私が馬車を用意してもいい」

と、言った。

吉津はうなずくと、馬車を準備して欲しいと依頼した。

男は、無言でうなずき懐中電灯を消して小舎の外に出て行った。

しかし、それは男の策略だった。三〇分ほどして監視兵が男とともに入ってくると、吉津を荒々しく縛り上げた。男は、笑いながら、

「お前には、逃げる意志がある。われわれは、お前を逃がすようなことはしない」

と言うと、吉津の肩を強く押した。

かれは、荒々しく小舎の外に突き出された。欠けた月が出ていて、その光に百人近くの男たちが屯《たむ》ろしているのが見えた。殺されるにちがいないと覚悟しながら男

たちの群を見まわすと、その中に縛られた一人の男が立っているのに気づいた。凝視してみると、それは一緒に泳いでいた岡田一整曹であった。

「岡田」

吉津が声をかけると、

「吉津か」

という声がもどってきた。

岡田が、後手に縛られて近づいてきて、かれの傍に並んで立たされた。吉津は銃殺されるにちがいないと思ったが、男たちは危害を加えることもせず、二人を丸太小舎に押しこめた。

岡田は、カヌーに乗せられてから陸岸に運ばれたが、吉津と同じように縛り上げられ、密林の中を歩き回らされたという。

「参謀長たちは、どうした」

と、吉津がきくと、岡田は頭を振った。

翌日から吉津は、岡田とともにゲリラの群にかこまれて歩かされた。足は素足であったので、皮膚は破れ血がにじみ出た。島は石灰岩質で、足の裏に細かい破片が食いこんだ。

足が血と砂におおわれ歩行が困難になった。吉津たちは、ゲリラに動物の皮をもらってそれで足をくるんだ。

日が没し、そして太陽が昇った。

歩きはじめてから三日目に、吉津は、死を覚悟した。林の中にひらけた空地を行くと、自動小銃を手にした男たちが一列に並んでいて、吉津は岡田とともにその前方に立たされた。男たちは、けわしい眼をして二人を注視していた。

男の一人が近づいてきて、黒い布で眼かくしをしようとしたが、吉津たちは、頭をふってそれを拒み、姿勢を正して立った。

男たちが、銃をかまえた。そして、指揮者が大きな声で合図をしたが、銃口からは弾丸が発射されなかった。

銃をおろした者たちは、笑っていた。かれらは銃殺の演技をしただけだったのだ。

その日も、男たちは歩きつづけた。吉津と岡田は、激しい疲労でおくれがちだったが、その度に男たちは乱暴に背を銃口で突き、歩くことを促した。

歩きはじめてから五日目の夜、男たちは、数軒の人家が点在している谷のような場所にたどりつき、吉津たちを小さな人家に投げこんだ。

吉津は、岡田と部屋の片隅に行くと壁に背をもたせかけた。内部に灯はなく、かれらは疲労でいつの間にか眠りこんでいた。

しばらくして吉津は、人声を耳にして眼を開けた。人声は戸外からしていて、次第に近づいてくる。

吉津が立ち上って板壁の間隙から外をうかがってみると、松明《たいまつ》をかざした男たちが賑やかに会話を交しながら近づいてくるのが見えた。そして、さらに注意して見るとその集団の中に、担架《たんか》が一つまじっているのも眼にできた。

かれらが入口の戸を開けたので、吉津は再び家の隅に行き壁に背を押しつけた。男たちが、松明を手に土間に入ってきて、そこに数名の者たちを残すと戸外に出て行った。

吉津は、土間に寄りかたまっている男たちの気配をうかがった。かれらは、担架を中心に身を寄せ合っている。

かれらの間から低い声がきこえはじめた。その言葉の中に、かれは、「大丈夫ですか」という日本語がまじっているのを耳にした。

吉津の胸に、熱いものがつき上げた。

かれは、立ち上るとよろめくように近づいて行った。その気配に、男たちが闇の中で顔をこちらに向けた。

「福留参謀長ですか」

かれは、這い寄ると声をかけた。

その瞬間、男たちが一斉に口に指を当てるのが見えた。

吉津は、それがなにを意味するのか即座に理解できた。かれらは、福留参謀長の階級氏名をさとられぬようにしているにちがいなかった。

担架に乗って運ばれていたのは福留繁中将で、他に山本中佐、山形中尉、岡村中尉、今西、浦杉一飛曹、奥泉一整曹の顔も見え、吉津、岡田を加えると九名が集ることができたのである。

吉津と岡田は、岡村中尉にカヌーに乗せられてから以後のことを報告して、同僚からもそれぞれ捕えられた折の事情を耳にした。

海上で福留中将らとはなれてしまった今西一飛曹は、山形中尉、浦杉一飛曹、奥泉一整曹とともに泳いでいるうちに、一艘のカヌーが近づいてくるのを発見した。カヌーには二名のフィリピン人が乗っていて、船べりをつかむように手真似で促した。

今西たちは、船べりにすがりついて陸地に上ったが、拳銃を手にした男たちにかこまれ後手にしばり上げられた。そして、道路を走って横切らされると、密林の中に引きこまれたという。

海上で別れ別れになった後、岡村中尉は、福留中将、山本中佐を守るように泳いでいた。不時着後すでに七時間も経過していて、福留も山本も疲労しきっていた。陸岸が淡くみえたが、そこは敵地かも知れず救助されることは絶望だと思われた。

山本中佐は、死を覚悟したらしく、

「参謀長、長らくお世話になりました。私は身を海底に沈めます」

と、言った。

福留は、

「早まるな」

と、山本を制した。

やがて、カヌーが十艘ほど近づいてきた。二名の少年をふくめた現地人がのっていて、疑惑もいだいたが、思いきってカヌーに乗った。そして、岸にあがったが、フィリピン人多数が姿をあらわし、かれらをとりかこむと山中へ引きこんだという。

福留たちは、自決を考え、ピストルを奪うことを考えたが、その機会はなく、ゲリラに、

「殺せ」

と、言った。が、かれらは手をふるばかりであった。

三日目の夜、山形中尉ら四名と遭うことができ、その二日後の夜、吉津と岡田の押しこめられている人家に引き立てられてきたのだ。

かれらの間には、沈鬱な空気がひろがっていた。純然たる敵ではないらしいが、俘虜《ふりよ》になったことに変りはなく、各人が思い思いに屈辱にさいなまれているようだった。

その夜、岡村中尉は、二式大艇の搭乗員である部下を家の隅に集めた。かれは、

「いいか、近いうちにかれらの訊問を受けて日本海軍の機密事項の自白を迫られると思う。そのような折には潔く自決する以外にないが、あらかじめ有効な自決方法を教えておく。後手にしばられて身動きできなくとも、膝を立てて舌をかみ、膝頭に顎を強く叩きつけろ。そうすれば、舌をかみ切って死ぬことができる」

と、その姿勢をしめしてみせた。

翌日から、九名の者たちは数珠《じゆず》つなぎに縄でつながれ、果てしない歩行を強いられた。福留中将の載せられた担架は、ゲリラの男たちが運び、足の傷ついた山本中佐、今西一飛曹は男たちに交代に背負われていた。

食物は、葉につつまれた悪質の米飯で、時にはバナナが与えられた。

一行は、汗と土にまみれ、顔も手足も黒ずんでいた。疲労は激しく、眼だけが苛《いら》立《だ》ったように血走っていた。

捕われてから八日後の四月九日も早朝から歩かされたが、正午近く山間部の平坦な草原で休息をとった。そこには数戸の家があり、自動小銃を手にした男たちが、しきりに家から出たり入ったりしていた。

吉津たちは、そこで一列横隊に並ばせられ、日本語の巧みな男から、一人一人官姓名を名乗れと命じられた。それは、捕えられてから初めての訊問で、銃口が各人につきつけられたが、全員かたく口を閉ざしたままだった。かれらは、訊問者に敵意のこもった凝視をつづけていたが、殊に吉津の眼は鋭い光を放っていたので、かれは数度頰を殴打された。

かれらが立っていると、一軒の家から若い女が出てきた。ブロンドの髪をした目鼻立ちの整った美しい女で、スカートをひるがえして近づいてくると、フィリピン語で甲高くゲリラ隊員になにか命じている。そして、福留たちを一瞥《いちべつ》すると、再び家に引返していった。

訊問が効果のないことを知った男たちは、福留たちに出発を命じた。吉津も歩き出したが、通りすがりに一軒の家をのぞいてみると、そこには、思いがけず大きな無線電信機が備えつけられているのがみえた。

一行は、ゲリラの本拠に引き立てられてゆくのだということを知って緊張した。訊問は本格的に開始され、それを拒めば処刑が待っているにちがいなかった。

その日の午後も、渓谷を渡り峰を越えて歩き、日が傾いた頃丘陵の中腹にたどりついた。そこには十戸ほどの家が点在し、洋風の家もあった。

吉津たちは、自動小銃をもった男たちに馬の飼料小舎に押しこめられた。ゲリラの態度はおだやかになって、久しぶりに縄をといてくれた。そして、その夜の食事はそれまでとは異なって質がよく、米飯に添えて豚の丸焼きも提供された。

吉津たちは、その食物に空腹をいやしたが、豊富な食事に最後の時が迫ったことをさとった。その丘陵に点在している建物は、自動小銃をもつ男たちが多数いることから考えてゲリラの本拠にちがいなかった。そして、ゲリラは、吉津たちを訊問して貴重な情報を得ようとしているはずだった。

福留中将は、それまで山本中佐と私語を交すだけであったが、食事を終えると全員を集めて初の訓示をした。

「自分たちは、不幸にして捕われの身になった。明日はいよいよ訊問があると思う。自分をはじめ士官は、決して氏名を告げるつもりはないが、下士官以下は名を告げても差支えない。お前たちは、自分の意志通りにしてよい」

福留の顔には、死を決意した色が濃くうかんでいた。

自分の意志通りにしてもよいという福留の言葉は、ゲリラの訊問に応じてもよいという意味に解されたが、吉津たちには、そのような意志はなかった。かれらは、夜が明け訊問が開始されれば、死を選ぶ以外にないと覚悟していた。

かれらは、福留の傍をはなれると、干草を土間に敷いた。

吉津は、干草の上に身を横たえた。縛られた手首の皮膚が破れてひどく痛んだ。

かれは、しきりに手首にこびりついた血糊《ちのり》をなめていた。

五

四月一日の午前零時以後も、小野田セメント・ナガ工場の徹夜作業はつづけられていた。

所長兼工場長の中村謙次郎はセブ市に行っていて留守で、作業の指揮は、次長を兼務している保田庶務課長と生産課責任者尾崎治郎が当っていた。

尾崎は、工場の構内に立って、トロッコの列が突堤を動いてゆくのを眺めていた。

午前二時頃、夜空に爆音がきこえた。月は没していたので機影を眼にできなかったが、機はしきりに工場の沖合を旋回しているようだった。敵機の空襲は皆無であったので、尾崎は、友軍機が夜間訓練でもしているにちがいないと思った。

かれは、数日前からはじまった搬出作業の指揮で疲労しきっていた。夜明けとともに作業は自動的に終了するので、それまで仮眠をとろうと思った。

かれは、工場所属の病院に行くと、入口に近い宿直室に入って横になった。爆音はいつの間にか消えて、遠く貨車のレールを鳴らす音がきこえてくるだけであった。

かれは、すぐに深い眠りに入ったが、午前五時頃、人声で眼をさました。工場の従業員が連絡に来たのだと思い、起き上って戸を開くと、一人の若い男が立っていた。それは、濡れた防暑服を身につけた海軍の兵であった。

男は、第八百二航空隊の谷川整長だと名乗ると、沖合で飛行機が墜落したと言った。男は、肩をあえがせながら連合艦隊司令部の高級将官が他の者に守られて泳いでいるから救助して欲しいと頼んだ。

さらに兵は、

「海軍に至急連絡して欲しい」

と、口早に懇願した。が、工場とセブ市の海軍基地間に電話線はなく、尾崎は兵をセブ市に送りとどけなければならぬと思った。

尾崎は、すぐに社内電話で試験課員の佐藤一馬を呼んだ。走ってきた佐藤は、尾崎から事情をきくと、トラックを引出してきて病院に横づけにし、兵を乗せてセブ市方向に去った。

尾崎は、トラックを送り出すと突堤に走った。そこにはセメント搬出作業を監視していた檜田広助がいて、尾崎は檜田に船を出し海上を捜索するように命じた。

事故の起ったことを知った社員の伊沢定与と松風助一も駈けつけてきて、岸壁に舫《もや》っていた機帆船二隻にエンジンをかけた。時刻は午前五時三〇分頃で、夜はすでに明けはじめていた。

泳ぎついた兵の話によると、墜落した位置が小野田セメント工場の南方沖合であるというので、機帆船はその方向にむかった。その方面の陸地はゲリラの出没がしきりで、治安状況はきわめて悪かった。

日の出と同時に工場の作業は終了していたので、尾崎は保田庶務課長とともに病院事務所で海方向を凝視していた。

午前七時三〇分頃、海岸線に沿った舗装路を佐藤の乗って行ったトラックと海軍のトラックが二台つらなって疾走してくるのが見えた。そして、佐藤のトラックは病院に横づけにされたが、海軍のトラックは、そのまま南の方向にフルスピードで走って行った。

佐藤の報告によると、セブ市の海軍基地は騒然となって、機関銃を装備したトラックに士官、兵たちが乗りこみ、泳ぎついた兵を道案内に現場へ急行したという。

尾崎たちがトラックの去った方向を見つめていると、一時間ほどして、舗装路を海軍のトラックが引返してくるのが見えた。そして、トラックは、病院の前で停止し、若い士官が兵とともに尾崎たちの前に立った。かれらの顔は青ざめていて、遭難者を一人も発見できなかったと告げた。

それから三〇分後、二隻の機帆船が工場の船つき場にもどってきた。尾崎たちは、士官たちと海岸に急いだ。

しかし、檜田らの報告は、尾崎たちを失望させた。機帆船は、海上を二時間余も捜索したが、遭難者の姿はなく不時着水した飛行機の破片も発見できなかったという。

若い士官は、悲痛な表情で海上を凝視していたが、

「この事故は海軍の機密事項に属するので、絶対に口外してはならぬ」

と、厳しい口調で尾崎たちに告げると、トラックに乗ってセブ市方向に去って行

った。

セブ市におかれた海軍第三十三特別根拠地隊は、ただちに偵察機二機を放ち、内火艇一二隻を出動させて海上捜索に当るとともに、第三南遣《なんけん》艦隊司令部に急報した。

第三南遣艦隊司令部は、その日早朝からかなりの混乱をしめしていた。古賀連合艦隊司令長官以下高級幕僚の搭乗した第一番機と福留参謀長の便乗した第二番機が四月一日午前三時頃にダバオ到着の予定で、ダバオにおかれた第三十二特別根拠地隊司令官代谷清志中将も出迎えに出ていたが、夜が明けても両機の機影は発見されず事故発生が危惧《きぐ》されていた。

その前年の四月十八日には、ラバウルから前線将兵の労をねぎらうためにブイン方面に向った連合艦隊司令長官山本五十六大将らの乗る二機の一式陸上攻撃機が、敵機と接触して二機とも撃墜され、山本長官は戦死、宇垣纒《まとめ》参謀長は重傷を負ったが、それと同様の事故が発生したのではないかと憂慮されていた。

第三番機（第八百五十一航空隊・機長安藤敏包中尉）の二式大艇は、三月三十一日午後九時にダバオを出発し、翌四月一日午前零時三〇分パラオに到着、午前四時五六分にパラオを離水後、同日午前七時四〇分無事にダバオへ到着していた。安藤機長の報告によると、ダバオからパラオに向って飛行中、午後一一時五〇分頃、すれちがいにダバオに向う第一番機の発する電信をとらえたが、天候不良のため電文を理解することはできなかった。また、パラオ、ダバオ間に稲光りをともなう大密雲があったとも報告した。その報告から判断して、南遣艦隊司令部は、第一、二番機の両飛行艇が消息を絶ったのは敵機との接触によるものではなく、低気圧にさまたげられて遭難したものと推定し、各方面に指令を出して、航空機と艦船による大捜索を開始していたのだ。

そうした折に、第二番機不時着の報告電が入って、南遣艦隊司令部は予想が不幸にも的中したことを知って激しい衝撃を受けた。

第二番機のセブ沖不時着は確認されたが、第一番機の消息は全く不明で、積極的に捜索がつづけられた。しかし、各方面からはなんの連絡もなく、遭難は確実になった。恐らく第一番機は密雲に突入し、超低空で突破を試みたが高度測定をあやまって海面に墜落したと想像された。

その報告は、海軍省にも打電され、四月二日午前三時三五分、軍務局藤田局員から海軍省首席副官横山一郎大佐に電話でつたえられた。また岡本大臣秘書官から海軍大臣、次官にも連絡され、夜も明けぬ午前五時に次官沢本頼雄中将、軍務局長岡敬純中将、人事局長三戸寿少将が海軍省に集り、また軍令部からも次長伊藤整一、塚原二四三両中将、第一部長中沢佑少将も駈けつけた。

午前九時には、海軍大臣嶋田繁太郎大将も登庁し、大臣室で緊急会議がひらかれた。

山本五十六大将につぐ連合艦隊司令長官古賀峯一大将の遭難に、嶋田海相以下出席者の顔には沈痛な表情がうかんでいた。福留参謀長の便乗した第二番機の不時着位置はあきらかになっているが、古賀長官機の行方が不明であることにかれらは苛立っていた。その捜索結果を待った上で判断を下さねばならなかったが、最も重大な問題は、連合艦隊の作戦指揮が空白状態になっていることであった。

敵機動部隊は、パラオ空襲後も活潑に行動をつづけていて、日本海軍もそれに応じた作戦を展開しなければならない。会議の焦点は、指揮継承問題に集中し、暫定的に連合艦隊の指揮を南西方面艦隊司令長官高須四郎大将にゆだねることに決定した。

高須は病弱の身で、幕僚の増員も受けずその大任を受けついだが、指揮範囲は南西方面にかぎられ、中部太平洋、南東方面は軍令部の指導を受けた（高須は、約一カ月間作戦指揮をとったが、この年の九月に病死した）。

第一番機の遭難は確定したので、第三南遣艦隊司令部の関心は、もっぱら第二番機の便乗者の消息に集中された。同機の搭乗員一名が陸地に泳ぎついたことは、他の者が生存している可能性をしめしている。それは喜ぶべき予測だが、搭乗員の泳ぎついた方面は米匪軍の勢力範囲で、福留中将らが捕えられた公算も大きいと推測された。

福留参謀長と山本作戦参謀は、Z作戦計画の関係書類と艦隊司令部用信号書、暗号書を携行している。Z作戦計画は、千島から内南洋方面に敵の有力攻略部隊が来攻した場合の迎撃作戦をしめしたもので、それが敵手におちれば連合艦隊の全容が察知され、次期作戦に大きな悪影響をあたえることになる。

第三南遣艦隊司令部は、そのような事態の発生を憂え、セブの第三十三特別根拠地隊司令官原田覚少将に、厳重捜索を命令した。

特別根拠地隊司令部では、セブ港の興嶺丸その他を出動させ、四月二日未明から偵察機を放って捜索に当らせたが、その日の早朝、セブ島内からあきらかにゲリラ側の発する電信をとらえた。それは、ミンダナオ島中部にひそむファーチグ米軍大佐の指揮するゲリラ部隊の無線局ＷＡＴに受信されたらしく、その直後ＷＡＴからオーストラリアの連合軍司令部に同様趣旨の電文が発信されるのを傍受した。

それは、むろん暗号電報で解読はできなかったが、緊急信であることから重要な内容であることが容易に推察できた。

その報告を受けた第三南遣艦隊司令部は、ゲリラ側の発した緊急信が福留参謀長一行と密接な関係があると判断した。しかも、それが機密図書の入手を報じたものではないかとも危惧した。

第三十一警備隊セブ派遣隊は、南遣艦隊司令部の命令を受けて、第二番機不時着現場附近に密偵を放って情報蒐集につとめた。が、その附近の者たちはゲリラ側の報復をおそれて協力せず、有力な情報を得ることはできなかった。

海軍側は、福留参謀長の便乗した飛行艇の不時着事故について徹底した秘密主義をとり、セブ島警備の任にあたる陸軍独立混成第三十一旅団司令部にもつたえず、海軍独自でひそかに海上と陸地の捜索をつづけていた。

四月二日も、福留参謀長以下の消息と機密図書に関する情報はなく、翌三日海軍省と軍令部はそれぞれ次官、次長発電として各司令官、鎮守府長官に事故の発生を打電した。その暗号電報は、最高機密扱いとして、冒頭に、

「本電ハ着信者以外翻訳スベカラズ（本電ハ着信者以外絶対厳秘トス）」

と注意し、左のような内容を伝えた。

「聯合艦隊司令長官以下司令部員大部、三月三十一日飛行艇ニテＰＰ（パラオ）発

MD（ダバオ）移動中行方不明、目下調査中。

本件機密保持上知悉《ちしつ》範囲ノ限定等万全ヲ期セラレ度《たし》
本事件ヲ当分ノ間乙事件ト呼称スルコトニ定メラル」

この機密電によってもあきらかなように、福留参謀長以下司令部員の遭難事故は、海軍部内で乙事件と秘称されることに決定したのである。

その日も、現地からの情報は全く入電せず、翌四月四日午後三時三〇分には、横須賀鎮守府長官豊田副武大将が嶋田海軍大臣に大臣官邸へ招かれた。古賀峯一大将の死は確定的になったので、中沢佑軍令部第一部長の推挙もあって豊田大将を連合艦隊司令長官に推すことが内定したのだ。

嶋田海相は、豊田に事件の経過を説明して司令長官に着任するよう説き、豊田も諒承したので、午後四時三〇分宮中に参内《さんだい》し、天皇に事件の概要を報告し、古賀大将の後任として豊田大将を連合艦隊司令長官に内定したことを奏上した。

不安のうちに、日は過ぎた。セブ島の海軍基地では、全力を傾けて捜索と情報入手につとめたが、効果は皆無であった。

海軍中枢部の焦慮の色は濃く、福留参謀長一行の消息をつたえる報告を待った。

六

セブ島警備の任に当る陸軍独立混成第三十一旅団の大西大隊は、四月七日島の南部地区討伐を終えて、それぞれの原駐地にもどっていた。

むろん大隊長大西精一中佐は、討伐に出ている間に福留参謀長機が大隊本部のおかれたナガ町沖合で不時着したことなど知らなかった。小野田セメント・ナガ工場の社員も、海軍側に口外することを厳禁されていたので、工場の敷地内に本部のおかれた大隊司令部にも報告しなかったのである。

討伐からもどった翌日、大西大隊のもとに旅団司令部から緊急命令がつたえられた。

旅団司令部では、憲兵隊の協力を得てゲリラ部隊の情報蒐集につとめていたが、大西大隊が南部地区討伐中に有力な情報を入手していた。それは、クッシング中佐を指揮者とするゲリラ部隊が、兵力の大増強に着手しているという内容であった。

その情報によると、約一、〇〇〇名と推定されているゲリラが急激に増員され、島の南部にあるマラライ地区に第八十七連隊、北部のカフマヤフロヤン地区に第八十八連隊、島の中央部にそびえるマンガホン山中に第八十五、八十六連隊の計四連隊が編成中であるという。そしてその編成が完了すると、総兵力は約二〇、〇〇〇名という大規模なものになり、武器弾薬類は、島の南端に近い西海岸のメデリン附近に浮上するアメリカ潜水艦から供給されるというのだ。

さらに諜報活動で得た確実な情報として、移動の絶え間ないゲリラ本部がマンガホン山のトパス高地におかれ、指揮官クッシング中佐もその高地にある人家にひそんでいると伝えてきた。クッシング中佐は、若い妻と四歳の男児も同行しているという。

旅団司令官河野毅少将は、ゲリラ連隊が編成される前に潰滅させる計画を立て、大西大隊に大規模な討伐戦をおこなうことを命じた。作戦開始日は、翌日の四月八日夜で、大隊兵力の三分の二を使用するよう指示してきた。

また作戦目的は、指揮官クッシング中佐の捕獲と島外との連絡に使用している無線機の押収《おうしゅう》であった。

命令を受けた大西大隊長は、ただちに作戦準備に手をつけた。参加中隊は、中隊長赤嶺豊中尉の戦死した第一中隊をのぞく第二、第四中隊全員と第三中隊の二個小隊で、大隊本部直属の鉄砲隊に、到着したばかりの迫撃砲を携行させることに決定した。

　第二中隊は島の北部の東海岸にあるダナオに、第三中隊は中央部東海岸のセブ市、第四中隊は西海岸のバランバンに駐屯していて、翌四月八日夜、一斉にマンガホン山にむかって出動した。大隊本部も、鉄砲隊とともに日没後にナガ町をひそかに出発した。

　大西大隊長は、クッシング中佐とゲリラ本部が諜報情報通りの地域にひそんでいれば、確実に包囲できる確信をいだいていた。その地は、背後がマンガホン山の切り立った断崖で、三方から進撃すれば、ゲリラ部隊を断崖の下に追いつめることは可能だった。

　大隊本部は、迫撃砲を装備した銃砲隊とキャンプ道と称される舗装路をトラックで西進した。そして、高地に設けられた小哨に到着し、その地点でトラックから下車して密林の中をマンガホン山にむかって北上した。

　途中、ゲリラに発見されることもなく、四月九日夕刻には、バランバンから東進していた第四中隊との合流に成功した。

　一隊は、闇の中をマンガホン山にむかって進んだが、途中でゲリラの小哨に接触した。大西大隊長は、斬込みを命じ、第四中隊の一小隊がこれを急襲し、ゲリラを刺殺するとともに自動小銃六挺を押収した。

大隊本部は、銃砲隊、第四中隊に警護されて急進し、夜明け近くには予定通り目的地近くに進出した。大西にとってその地は初めて眼にする地区ではあったが、旅団司令部の得た情報通りマンガホン山の断崖の下にマンガホンの渓谷があり、谷をへだてた前面になだらかな丘陵がある。そして、さらにその丘陵が谷におちこみ、こちら側にトパス高地があった。

トパス高地の頂きを双眼鏡でうかがってみると、たしかに瀟洒な洋風の家がみえる。諜報情報が正しければ、その家に米匪軍指揮官クッシング中佐とその妻子がひそんでいるはずだった。

大西大隊長は、作戦行動が計画通り達成したことを知った。かれのもとには、第二、第三中隊からの連絡が続々と入っていたが、両隊が指示通りの位置に進出し、米匪軍の本部がおかれているトパス高地の包囲態勢をととのえることができたことを確認した。

すでに東方では熾烈《しれつ》な銃声が起っていて、本部所属のゲリラとの接触がはじまっていたので、大西は、淵脇銃砲隊長にトパス高地に対して威嚇砲撃を試みるよう命じた。

淵脇は、銃砲隊小隊長三島可也少尉に砲撃指揮をとることを命じ、迫撃砲の砲門をひらかせた。砲声が殷々《いんいん》ととどろき、樹林からおびただしい野鳥の群が一斉に夜明けの空に舞い上った。

大西は、包囲網をさらに完璧なものにするために各隊に前進を命じた。そして、大隊本部も、銃砲隊とともに行動を起し、敏速にトパス高地に進出して高地の頂き附近に天幕を張り、本部指揮所を置いた。その間、第四中隊は指示通り西側に迂回し、ゲリラの退路を遮断する位置についた。

ゲリラの主力は、トパス高地から断崖の根を走るマンガホン渓谷に退避したことは確実だった。その渓谷の西方には第四中隊（中隊長川原一中尉）、東方にはセブ市から出撃した第三中隊（中隊長戸島軍七中尉）、そして南方には第二中隊（中隊長稲本富夫中尉）と、さらに大隊本部と銃砲隊（隊長淵脇政治中尉）が配置を終え、完璧な包囲陣が形成された。

各隊では総攻撃をひかえて朝食をとり、作戦開始を待った。

大西の作戦計画では、まず迫撃砲で攻撃し、その間に各隊を一斉に前進させて包囲網を縮め、マンガホン渓谷でゲリラ部隊を全滅させる予定であった。隊員は、実戦経験が豊富で、作戦は大成果をあげることが予測された。

午前九時、大西は作戦開始を各隊に指令することを命じたが、その時、渓谷の西方に配置された第四中隊の陣地方向で軽機関銃の発射音が起った。と同時に、警戒に当っていた兵から、大西に思いがけぬ報告がつたえられた。それは、前方の小さな谷をへだてた丘陵に、日章旗を手にした者が近づいてきたので、それを川原中隊の機銃手が射撃したというのだ。

大西は、その報告をいぶかしみ、

「双眼鏡を貸すから、よく見た上であらためて報告しろ」

と、兵に言った。

兵は双眼鏡を手に走り去ったが、再び駈けもどってくると、

「服装がゲリラのものと同じで、日本兵のようには思えません。銃撃を受けましたので、その男は草叢《くさむら》に伏しましたが、日の丸のついた竿をしきりに振っております」

と報告した。

大西は不審に思い、作戦開始命令を出すことをためらっていたが、やがて西側に迂回していた第四中隊の川原中隊長から無電連絡が入った。それによると、日章旗をもった男はゲリラの服装をしているが、あきらかに日本人で、同隊の兵がとらえ

たところ指揮官に会わせて欲しいと言っていると伝えてきた。

大西はただちに川原中隊長に大隊本部へ連行するよう命じた。

二〇分ほどして兵に銃剣をつきつけられ日章旗を手にした男が、大隊本部の天幕に入ってきた。

大西は、男の異様な姿に息をのんだ。衣服は汚れきっていて破れ、足にはすりきれた草履《ぞうり》のようなものをはいている。顔は土埃《つちぼこり》と汗で汚れ、到底日本人とは思えなかった。男はひどく疲労しているようだったが、その両眼には強靱な意志をひめた鋭い光がやどっていた。

大西は、敵潜水艦に撃沈された輸送船の日本兵かとも思ったが、ゲリラ側のスパイ活動をしている日本人かとも疑った。

男は、姿勢を正すと、

「私は、海軍中尉岡村松太郎という者です」

と、言った。

その語調の正しさと男の眼光に、大西と傍にいた副官松浦秀夫中尉は、男が海軍士官であることを認めた。

大西は、

「どうしたのですか」

と、岡村中尉にたずねた。

岡村は、顔をゆがめるとパラオを飛行艇で離水したが、悪天候のためセブ島附近の海面に不時着したと言った。そして、一行九名は、現地民に捕えられマンガホン渓谷にいるゲリラ本部に拘禁《こうきん》されていることを伝えた。

「尚《なお》、一行中には……」

と言って、岡村は唇をかんだ。そして、しばらく思い惑っているようだったが、

「一行中には、フルミ海軍中将もおられます。富、留、美と書きますが、これは私たちの間でひそかに使っている姓で、偽名です。実際の氏名は、何卒《なにとぞ》おききにならないで下さい。ゲリラの指揮官クッシングには、花園少将と伝えてあります」

と、言った。

岡村は、説明を終ると破れた衣服のポケットから一通の手紙をとり出し、大西に差出した。それは、ゲリラ隊長ジェームズ・M・クッシング中佐が書いたものを、捕えられた連合艦隊作戦参謀山本祐二中佐が日本文に翻訳したものであった。

手紙は、独立混成第三十一旅団長河野毅陸軍少将と在セブ島陸軍連絡官浅間少将宛《あて》になっていた。大西大隊長は、手紙をひらくことをためらったが、包囲陣は完成

し攻撃開始寸前であるので思い切って封をひらいた。書簡には、左のような文章が記されていた。

「河野閣下

浅間閣下

一、私は、不時着した日本海軍機に乗っていた花園少将以下九名の海軍軍人を保護している。

二、日本軍は、セブ島南部で一般住民を虐待しているが、それを取締るよう厳命して欲しい。

ゲリラ司令官ジェームズ・M・クッシング」

大西は、その手紙を眼にして重大な事件に遭遇したことを知った。富留美中将又は花園少将という偽名を使っている人物は、海軍の高級将官であるらしい。海軍機が不時着し、乗っていた者たちがゲリラ側にとらえられているとすると、将官たちは行方不明者扱いにされているはずであった。

大西は、おそらく海軍側は、富留美と称する将官の捜索に努めているにちがいないと思った。

かれは、重ねて岡村中尉に不時着後の詳細な説明を求め、岡村は左のように答えた。

一行は、現地民に捕えられて以後十日間にわたって島内を歩きまわらされ、山中に連れこまれた。

拘禁されたのは、大隊本部の置かれた丘陵（トパス高地）の頂き近くにある家で、夜明け近くに銃声を耳にし、砲声もきいた。その直後、ゲリラ指揮官クッシング中佐が入ってきて、日章旗を手に岡村と奥泉文三一整曹に手紙をもって日本軍陣地に使者として赴くよう指示した。

岡村は奥泉と二人で出発したが、一人で行く方が安全だと考え、奥泉を残してやってきたという。指揮官クッシングとその妻子は大西の推測通りゲリラ部隊主力とともにマンガホン渓谷に閉じこめられ、包囲されてしまったことも知っているらしく、かれらの間には激しい動揺が起っているという。

岡村の説明をきいた大西は、即座に富留美中将一行の救出に全力を傾けるべきだと思った。そして、岡村に、

「わが部隊が猛攻撃を開始した場合、富留美中将一行を救出する可能性はあると思うか」

と、問うた。

岡村は、きっぱりとした口調で、

「攻撃を実施した場合は、中将以下全員が殺されることはまちがいないと思います。かれらは、自動小銃を手に私たちの押しこめられている小舎を監視しています」

と、答えた。

大西は、岡村の言う通りだと思った。

かれは、とりあえず独立混成第三十一旅団長河野少将宛に米匪軍指揮官クッシング中佐からの書簡内容を打電させ、

「如何《いかが》スベキヤ、返電待ツ」

と、指示を仰いだ。そして、各中隊に伝令を送って中隊長を大隊本部に集合させた。

稲本第二中隊長、戸島第三中隊長、川原第四中隊長が参集し、淵脇銃砲隊長、松浦副官をまじえて意見の交換がおこなわれた。かれらは、包囲網が完成しているので攻撃することを欲していた。米匪軍は、結成以来、執拗なゲリラ活動をつづけながら、日本軍守備隊の度重なる討伐にも、地形を熟知しているという利点を駆使して巧みに身を避け、その間に戦力を徐々に強化させてきた。が、大西の的確な作戦計画によって、遂にかれらの主力は包囲され、全滅の危機に直面している。大西大

隊にとって、今後このような好機をつかむことはできないにちがいなかった。

しかし、総攻撃をおこなえば海軍将官らの救出は不可能になる。中隊長たちは、暗い眼をして互いに表情をうかがっていた。

大西大隊長は、決断を下した。富留美中将一行を失うことは、今後の日本海軍の作戦指揮に重大な支障になる。攻撃は第二義的に考え、まず救出に全力を注ぐべきだと各中隊長に説いた。そして、

「責任は、すべておれがとる」

と、かれは言った。

その協議を無言できいていた岡村は、

「念のため申し上げておきますが、富留美中将は、陸軍部隊の意志通りに行動していただいても異存はないと申しておられました。中将も山本中佐も連行途中自決を考えたことが何度もあり、私にゲリラから拳銃を奪えと命じたこともありました。貴部隊のよろしいようにして下さい」

と、言った。

旅団司令部からの返電は、来なかった。福留参謀長機の遭難は海軍側から陸軍側につたえられていなかったので、旅団司令部は大西大隊長からの無電連絡をどのよ

うに解釈してよいのか戸惑っていたのだ。

大西は、一刻の猶予《ゆうよ》も許されない状況なので、クッシング中佐宛の返事をしたためた。

「私は、独立混成第三十一旅団独立歩兵第百七十三大隊長大西精一陸軍中佐であり、旅団長、連絡官宛貴翰《きかん》を披見した」

と冒頭に書いたが、かれはクッシング中佐を威嚇することを思いついた。それは海軍将兵がゲリラに捕えられていることを大西大隊が十分に承知して、そのために出動してきたと思いこませようとしたのだ。そして、それをクッシング中佐が信じれば、大西大隊の勢いに恐れをなして、海軍将兵全員の引渡しに応じるにちがいないと思った。

かれは、筆を進めた。

「わが大隊は、海軍将兵救出のため行動を起し、貴部隊の包囲を完成した。が、もしも貴官が無条件で花園少将以下九名の引渡しに応じるなら、即刻戦闘行動を中止して原駐地に帰還してもよい。

尚、貴官の手紙によると、セブ島南部で日本軍が住民を虐待していると抗議しているが、そのような行為は私の最も忌《い》むところであり、私の指揮下にある部隊に於ては、かかるいまわしき行為を犯したものはない。しかるに、貴官の統率する部隊中には、日本国に好意をもつフィリピン人を虐待し、或はそれらフィリピン人の乗る自動車を襲撃する等目に余る行為が頻発している。今後、このような不祥事の発生せぬよう厳命を下して取締られたい」

と、強い調子の書面を書き上げた。そして、関西大学出身の英語に堪能な大隊本部付日高重美中尉に命じて、英文に翻訳させた。

大西は、旅団司令部からの返電を待ったが、午後三時になっても指令はない。長時間使者の岡村中尉をとどまらせることはゲリラの疑惑を増し、富留美中将一行の身に危険がふりかかるおそれがあるので、大西は岡村中尉にクッシング中佐宛の返事を渡すと、出発するよう促した。

岡村は諒承し、

「私は、クッシングの回答をもって再び午後八時頃までにこの大隊本部にもどってきます。が、もしもその時刻までに姿を現わさなかった場合は不慮の事故があったと考え、攻撃を開始して下さい」

と言って、日章旗を手に大隊本部を出て行った。

大西たちが双眼鏡で見送っていると、岡村中尉はトパス高地の傾斜をくだって深い谷におり、対岸の丘陵にのぼって稜線《りようせん》から姿を消した。

大西は、各隊に警戒を厳にするよう命じ、銃砲隊は、迫撃砲、重機関銃を正面の丘陵に向けていた。

時間が経過し、岡村中尉の口にした午後八時が過ぎた。が、岡村中尉は姿を見せず、日も没してその地一帯に夜の静寂がひろがった。

その頃、ようやく河野旅団長の返電が大隊本部で受信された。旅団司令部では、大西大隊長の緊急電を受けた後、旅団参謀渡辺英海中佐がセブ在勤海軍武官古瀬倉蔵大佐のもとに赴いた。そして、四月一日未明福留参謀長便乗の飛行艇がセブ島ナガ沖に不時着、海軍側が極秘裡に必死の捜索をしていることを初めて知った。

セブ島警備に当る旅団司令部としては、陸軍の協力を求めず極秘に捜索をつづけていた海軍側の態度に不満だった。が、河野旅団長は渡辺参謀と協議した末、

「猛烈果敢ナル攻撃ヲ続行シ、匪首ヲ捕獲スルトトモニ海軍将兵ヲ救出スル以外何モノモナシ」

という激烈な電文を、大西大隊宛に発信した。

さらに旅団司令部は、セブ市に駐屯している大西大隊第三中隊の残存二個小隊を増援部隊としてマンガホン山に緊急出動を命じた。

旅団長からの電命を受けた大西大隊長は、当惑した。「猛烈果敢ナル攻撃」を続行すれば、たしかに匪首クッシング中佐を捕えることは可能だった。が、攻撃を開始することは富留美中将以下海軍将兵を死に追いやることを意味する。

しかも大西は、すでに岡村中尉に託したクッシング中佐宛の書簡で、海軍将兵の引渡しを条件に包囲を解くことを約束している。かれが旅団長命令に従って攻撃を実施すれば、米匪軍指揮官クッシング中佐との約束をふみにじることになる。

大西は、思案の末海軍将兵の救出のためにはすべてを犠牲にしてもやむを得ないと判断した。かれは、信義を重んずる人物で、たとえ日本軍に武力抵抗をつづけるゲリラであろうと、その指揮官との間で交した約束は軍人として遵守《じゅんしゅ》すべきであると考え、旅団長命令を無視することを決意したのである。

大西は、一睡もせず夜を過したが、各隊からは岡村中尉帰着の連絡はない。富留美中将らの身に不祥事の発生した可能性が大になった。

各中隊長からは、

「クッシングの回答がないかぎり、好機をのがさず攻撃を開始すべきです」

という意見具申が、大西のもとにつたえられてきた。

大西は、それらの意見を抑えていたが、約束の時間もはるかに過ぎたので、未明を期して攻撃を開始すべきだと判断した。そして、第二、第三、第四中隊に前進準備を命じ、大隊本部も銃砲隊とともに行動を開始した。

夜が、明けてきた。

その時、警戒に当っていた兵が天幕に走りこんでくると、

「前方の高地斜面に、日章旗が見えます」

と、報告した。

大西は、ただちに天幕を出ると、双眼鏡を前方の丘陵に向けた。たしかに日の丸を手にした男が斜面を下り、やがて谷に姿を没した。そして、三〇分ほどすると、日章旗が谷から出てきてトパス高地の斜面を上って近づいてきた。

男は、岡村中尉だった。

大西が、

「どうでした」

と、きくと、岡村は、

「クッシング中佐は、貴部隊の包囲をとくことを条件に海軍将兵の引渡しに応じると言っています」

と、答えた。

さらに岡村は、海軍将兵引渡し方法について口頭で左のようなことを伝えた。
一、引渡日時
本日午前一一時
二、引渡場所
前方高地のマンゴー樹の下
三、海軍将兵の引渡しを受ける大西大隊の人員及び携行品
最小限の人数とし、武器は一切携行せぬこと。歩行困難の者が三名いるので担架を三個用意すること
四、海軍将兵引渡後、包囲をといた日本軍の帰還路
トパス高地の東方にある竹藪高地からマビニー山西側を経て、ピトス町に向い、セブ市方向に赴くコースをとること
五、日本軍は、今後住民の虐待をやめること
大西大隊長は、一、二、三、四の各項については諒承するが、第五項については逆にゲリラ側の親日比人への残虐行為を停止すべきだと主張した。

岡村中尉は、その回答を必ずつたえると述べ、マンガホン渓谷にむかって引返していった。

大隊本部は、ただちに救出方法の準備に着手した。

まず救出隊の指揮官には大隊本部副官松浦秀夫中尉が任命され、通訳として軍属の中島正人を同行させることになった。また救出隊には、第四中隊長川原中尉に一個小隊の派遣を命じた。

川原中隊長は、亀沢久芳少尉指揮の小隊に出動を命じ、亀沢は、隊員約三〇名を率いて大隊本部前方の前線基地に赴いた。隊員は、完全武装していたが、大隊本部の指示にしたがい、その地で軽機関銃、歩兵銃、擲弾筒を捨て、帯剣をおびるのみになった。ただ亀沢は、部下に命じて手投弾を一個ずつひそかに衣服の下にかくさせた。

指揮官松浦中尉は、大西大隊長から訓示を受けた。引渡し場所のマンゴー樹の下は、いわば敵地で、当然丘陵の稜線にはゲリラ部隊が多数の射手を配置させていることは確実だった。それに対して救出隊は銃もなくマンゴー樹の下に赴くが、ゲリラ部隊は、海軍将兵を囮《おとり》に使って一斉に攻撃してくるかも知れぬ。そのような場合、大西大隊の各中隊は敵味方の区別なく集中砲火を浴びせかける予定なので、救出隊は、その砲火の中を全力を傾けて海軍将兵を伴い脱出せよと命じた。

松浦は諒承して、亀沢小隊の集結地に赴いた。すでに大隊長命令で、各中隊は全員戦闘配置につき、銃口を前方の丘陵に向けていた。大西大隊長は、マンゴー樹から約四百メートルの位置で指揮をとり、その傍には銃砲隊長淵脇中尉が控えていた。

松浦が亀沢少尉に大隊長の訓示をつたえると、亀沢は、課せられた任務が死の危険をおびたものであることを察してうなずいていた。

その時、

「出て来た」

という声がした。

松浦中尉が谷をへだてた前方の丘陵をみると、丘の頂きから人が点々とあらわれた。双眼鏡をのぞいてみると、二人、三人とゲリラらしい男が傾斜をくだりはじめ、そのうちに担架が三個稜線を越えて出てきた。

入念に男たちの姿を観察してみると、担架の前後に歩いているゲリラは、一人残らず自動小銃を肩にかけ、軽機関銃をかついでいる者もいる。

松浦は、顔色を変えた。クッシング中佐は、大西大隊側に無装備で引渡し場所にくるように指示してきたので、当然ゲリラ側も武器は携行せずにくるものと予想していたが、その推測が完全に裏切られたことを知った。

松浦は、亀沢小隊長と意見を交した。亀沢は、万一の場合には短剣をひき抜いて格闘戦をおこない、ゲリラ側の武器を奪って海軍将兵を連れて帰還すると言った。

そして、隊員を整列させると、

「万一の場合は、全員突っ込む。決して油断するな」

と訓示し、隊員は、

「わかりました」

と、口を揃《そろ》えて答えた。

「それでは、出発する」

亀沢少尉の声に、小隊員は担架三個を手にトパス高地の傾斜を下り、谷に入った。谷は、二〇〇メートルほどの深さがあって、一行は急傾斜をつらなって下った。

そして、渓流を石をふんで渡ると、草の根をつかみながら細い坂道をのぼって行った。

松浦らが大きな岩を迂回した時、傾斜の上方に二人の男の立っているのが見えた。隊員は足をとめ、松浦を先頭に周囲を警戒しながら男たちに近づいて行った。一人はフィリピン人で自動小銃をもち、他の背の高い男は白人との混血らしく米軍の軍服を身につけていた。

「だれか」

松浦は、中島軍属に通訳することをうながしたが、軍服をつけた男は、流暢な日本語でフィリピン軍憲兵中尉だと名乗り、

「御案内するために来ました」

と、言った。

松浦は、

「われわれは約束を守って武器も携行せずにやってきたが、お前らは小銃、軽機関銃をもってきている。それでは約束がちがうではないか」

と、厳しい口調で詰問した。

憲兵中尉は、戸惑ったような表情をすると、

「われわれは、そのような約束が取り交されていることを知らなかった。たしかに武器はもってきているが、あなた方に危害を加える気持は少しもない。われわれの任務は、ただ日本海軍の将兵を貴部隊に引渡すことだけだ。私が神に誓って責任をとるから諒承して欲しい」

と言った。

松浦は、

「責任をとるか」

と、男に視線を据えた。男は、

「私を信用して欲しい」

と、真剣な眼で言った。

松浦は、男の顔を見つめていたが信頼のおけそうな人物だと判断し無言でうなずいてみせた。

憲兵中尉は、安心したらしく谷の傾斜を先に立ってのぼって行った。

谷をのぼった一行は、マンゴー樹の下に向って歩いた。すでに樹の下の日陰には、一〇名近くの者が坐っている。それは、周囲にいるゲリラ兵と異なって衣服は破れ皮膚も黒ずんで、力なく頭を垂れていた。

松浦中尉は、その中に岡村海軍中尉の姿を認め、それが富留美中将一行だということを知った。そして、岡村中尉の傍におかれた担架の上に坐っている肥満した人物が、富留美中将だと直感した。

亀沢小隊は、マンゴー樹の下に到着した。

松浦は、ゲリラ兵に日本陸軍の威信を示すと同時に海軍中将に対して礼を尽す必要を感じ、亀沢少尉に命じて隊員を一列横隊に整列させた。

案内をしてきた憲兵中尉は、それを眼にして約八〇名のゲリラ兵に整列を命じた。

かれらの列は不揃いであったが、一列横隊になって亀沢小隊の隊員と向き合った。

亀沢小隊長が、

「敬礼」

と、甲高《かんだか》い声で言った。

隊員は一斉に挙手し、ゲリラ兵たちは思い思いに頭をさげたが、中には照れ臭そうに笑っている者もいた。

松浦中尉が、

「クッシング中佐との約束にもとづき、わが海軍将兵を引取りに来た」

と言うと、憲兵中尉は、

「承知しました」

と、答えた。

ゲリラ兵たちは、一列に並んだままその場に腰を下した。

松浦中尉は、海軍の高級士官に対する礼として、

「花園少将閣下及び海軍士官各位に対して、かしらーッ右」

と、声をあげ、中将に敬礼した。

中将は、担架の上に坐ったままかすかにうなずいた。

松浦は、亀沢少尉に命じて隊員に折敷けの姿勢をとらせて坐らせた。日本兵とゲリラ兵は、向い合ったまま坐った。

松浦たちは、ゲリラ兵の動きを監視した。かれらが突然発砲するような危険を感じ、兵たちは、ゲリラ兵たちに鋭い視線を注いでいた。

ゲリラ兵たちは特に選抜された者らしく、一様に体格の逞《たくま》しい者ばかりであった。が、日本兵の凝視におびえたように、視線をそらしがちであった。

重苦しい沈黙に堪えきれなくなったのか、顎鬚《あごひげ》を伸ばした一人のゲリラ兵が笑顔を作ると短い言葉を発した。それは、「ゴクロウサン」という妙な訛のある日本語だった。

松浦中尉は、すぐにビサヤ語で、

「ありがとう」

と、答えた。

ゲリラ兵たちの顔に、柔いだ表情がうかんだ。かれらのいだいていた恐怖感も、松浦のビサヤ語にうすらいだようだった。

ゲリラ兵たちは、口々に「ゴクロウサン」を繰返し、日本兵を苦笑させた。

亀沢少尉が、煙草をとり出すと立ち上り、ゲリラ兵を手招きした。大柄な男が、おびえたように立って近づいてきた。亀沢は、煙草をさし出し一本ひきぬいて男にあたえた。

それを見た他のゲリラ兵たちは争うように近づいてくると、亀沢に握手を求めて煙草を受け、たちまち箱は空になった。

折敷けの姿勢をとる日本兵たちは、亀沢の許可を得て煙草やキャラメルをゲリラ兵たちに与えた。ゲリラ兵たちは給与が悪いらしく、それらを手にはしゃぎ、紫煙がかれらの間から起った。

奇妙な空気が、生れた。ゲリラ兵たちは陽気な声をあげて日本兵に笑顔を向け、手を伸ばしてはおもねるように握手を求める。そのうちに、かれらはたどたどしい歌詞で「湖畔の宿」を歌いはじめた。それは日本軍占領後特にセブ市を中心に流行していた歌で、現地人の間でもさかんに口ずさまれていた。

歌が終ると、日本の民謡や童謡が次々に歌われ、松浦たちはなごやかな空気を乱すまいと笑顔を向けていた。

すさんだ戦場で不意に空白状態が生れたような、人間同士の感情の交流だった。

が、大西大隊の各隊は、集中砲火を浴びせようと砲と銃をその一点に向けていたし、また丘の稜線には五メートル間隔でゲリラ兵が自動小銃の銃口を向けていた。

松浦は、長くとどまることは危険だとさとり、亀沢少尉に海軍将兵の収容を命じた。そして、兵たちを立ち上らせると、海軍将兵に近づいた。

小隊員は、担架を置くとその上に三人の男を移した。亀沢は、ゲリラの奇襲を予測して分隊長小野軍曹、尾形軍曹、河野伍長を列の要所要所に配し、三個の担架の後に歩行可能の海軍将兵と兵を置き、最後尾にかれ自身と松浦中尉がつづくように列の順序を定めた。

松浦が憲兵中尉と握手すると、亀沢小隊員は海軍将兵を守護するように一列になってマンゴー樹の下をはなれた。後方から一斉射撃を受ければ皆殺しに会うので、かれらはこわばった表情で傾斜を下りはじめた。

その時ゲリラ兵の一人が、

「ニッポン、フィリピン、友達。ノー・ポンポン。ノー・ポンポン」

と、叫んだ。

ポンポンは銃声で、互いに発砲はやめようという意味であった。

亀沢小隊は足を早めて丘をくだり、谷の傾斜にかかった。松浦がふり返ってみると、丘の頂き方向に引返してゆくゲリラ兵が、しきりに手をふっているのが見えた。

一行は、谷を上ると大隊本部には向わず、クッシング中佐の指定した帰還路に近い第二中隊の陣地に赴いた。それは、ゲリラ側に大隊本部の位置をさとられないための配慮でもあった。

海軍将兵の体の衰弱は激しく、第二中隊に到着しても口をきく者はいなかった。殊に富留美中将の憔悴《しょうすい》は甚《はなは》だしかった。

やがて大隊長大西精一中佐が淵脇銃砲隊長とともにやってきた。

大西は、富留美中将に挙手の礼をとると、

「お疲れでございましょう」

と、言った。

中将は、無言でうなずいた。

大西は、松浦中尉に対して富留美中将一行に最上の礼をつくすよう命じた。まず衣服は各隊から新品の下着等が供出され、酒、味噌汁、携帯食品、煙草等も集められて海軍将兵にあたえられた。また渓流の水をみたした桶《おけ》も運ばれ、石鹸で顔や手足を洗うようすすめた。

海軍将兵たちは、その好意を謝して下着を着換え、体を洗った。そして、松浦の案内で近くの人家に入り、敷き並べられた寝具の上に身を横たえた。

その間に大西は、作戦参謀山本中佐から引渡し交渉までの経過をきいた。山本の話によると、クッシング中佐は四歳の男児の死を恐れて大西大隊の包囲を解いてもらうことを欲したのだという。

大西は、山本にも休息をとることをすすめ、旅団長宛に海軍将兵九名の無事救出を打電させた。

この報告は、ただちにセブ駐屯の海軍第三十一警備隊セブ派遣隊に連絡され、同隊から第三南遣艦隊司令部に左の如く打電された。

「一、陸軍守備隊司令部ヨリ左ノ通知アリタリ
　海軍将校等九、首尾ヨク陸軍討伐隊ニ収容
二、右以外ハ不明ナリ　詳細取調ノ上更《さら》ニ報告ス」
これに対して第三南遣艦隊司令部は、

「差当リ将軍ヲ返還セシメ、爾後《じご》適当ナル処置ニ依《よ》リ全員並ニ書類ヲ返還スル如クサレ度」

と、電命した。

司令部では、福留参謀長一行の携行していた機密図書が敵手におちいった公算もあると判断し、特に「書類」という文句も挿入してその奪還に努力することを命じたのだ。そして、その電報の末尾に司令部参謀を急派することも添えられていた。

翌四月十二日早朝、亀沢小隊は海軍将兵一行を護衛して出発、その夜おそくピトスに到着した。この動きはセブ在勤武官古瀬大佐を通じて、第三南遣艦隊司令部から派遣されていた参謀山本繁一少佐に伝えられ、同参謀は午後三時四六分左のような電報を軍令部に打電した。

「収容人員ハ、今朝来下山ノ途《と》ニ就《つ》キシヲ以《もっ》テ、小官ハ一個小隊ト共ニ収容ニ向フ。今夜セブ着可能ノ見込ミ。

現地ヨリノ電報ニ依レバ全部（福留中将以下九名）収容セリト」

さらに参謀山本繁一少佐は、セブ派遣隊の海軍一個小隊を率いてトラックでピトスに赴き、亀沢小隊から福留中将らを受けつぎ、セブ市に引返し、四月十三日午前三時に水交社に到着した。

大西大隊は、その後各地で討伐をつづけ四月十七日に原駐地に帰還した。

大西大隊長は、福留中将一行の救出に成功したが、旅団長命令に反した行動をとったため、副官松浦秀夫中尉とともに車でセブ市の旅団司令部に赴いた。

大西は、旅団長の部屋に入ると、

「責任をとらせていただきます」

と、言った。

しかし、旅団長河野毅少将は、

「海軍が非常に喜んでいたぞ」

と言っただけで、責任を追及することもしなかった。

その後大西中佐は、旅団参謀渡辺英海中佐から、富留美中将又は花園少将が連合艦隊参謀長福留繁中将であることを報《し》らされたが、口外はかたく禁じられた。

大西はその約束を守ったので、大西大隊ではかれをのぞく全員が、終戦後まで福留参謀長を救出したことに気づいていなかった。

七

セブ市の水交社に収容された九名の者は、事故秘匿《ひとく》のため軟禁状態におかれた。

海軍の最大の関心事は、福留参謀長ら司令部員の携行していた「Z作戦計画」と司令部用信号書、暗号書の行方であった。第三南遣艦隊司令部から急派されていた参謀山本繁一少佐の任務は機密図書の追及で、かれは福留中将にその点をただした。

それに対して福留は、機密図書を納めた書類ケースを軍服等とともに現地人に奪われたが、かれらはほとんどそれらに関心をいだいてはいなかったと答えた。

山本参謀は、第三南遣艦隊司令部に、

「(福留中将等が捕えられている間)訊問等全然ナク　匪賊ハ機密事項ニ対シ考慮少シ」

と打電したが、重大な機密に関する問題でもあるので、

「調査ノ結果　機密書類　附近漁村ノ手ニ渡リアル算大ナリ　小官今少シ残留シ陸軍ト共ニス」

と、書類奪還のために努力することをつたえた。

水交社では、福留中将、山本作戦参謀、山形掌通信長の三名が士官室に収容され、他の第八百二航空隊第十九号艇の搭乗員六名は一室に閉じこめられていた。

岡村中尉らの表情には、苦悩の色が濃かった。たとえゲリラであっても敵の捕虜になったことは事実で、虜囚《りょしゅう》の辱《はずか》しめを受けたことに変りはなかった。

岡村は、部下を集めると、

「おれたちは、残念ながら捕虜になった。海軍軍人として最大の恥辱だ。このままおめおめと基地には帰れぬ。おれたちのとるべき道は、自決以外にない」

と、訓示した。

他の者たちも、岡村の意見に同意した。そして、岡村中尉が集めてきた白鞘《しろざや》の短

刀を一ふりずつ受けると、その夜自決することに決定した。

しかし、その直後、岡村は福留中将の収容されている士官室に呼ばれた。福留は、岡村が短刀を集めたことを知り、集団自決することを察したのだ。

福留は、

「お前らの気持はよく分るが、この重大な時期に貴重な搭乗員を殺すことは日本海軍の損失を招く。現在養成されている搭乗員は、すぐには実戦に参加できぬ。堪えがたきを忍んで思い直して欲しい」

と岡村をさとした。

岡村は、熱のこもった福留の説得を涙ぐんできいていたが、結局その言葉に従うことを誓った。そして、部屋にもどると、部下に福留中将の言葉をつたえ、

「参謀長のお言葉に従い、自決は保留にする。基地に帰るのは誠に辛いが、おれたちはそれぞれ一機一艦の体当り攻撃を敢行して恥辱を拭い去ることにつとめる。それまでの命だ」

と、言った。

搭乗員たちは、無言で頭を垂れていた。

（その後、かれらはサイパン基地にもどったが、岡村中尉の念頭からはたとえゲリラであっ

ても捕虜になった記憶が忘れられぬらしく時折り顔をしかめていた。その年の六月十二日、かれの機は二機の二式大艇とともにトラック島夏島にある水上基地に繋留されていた。たまたま前日からかれの所属する八〇二空の基地のあるサイパンに敵艦載機が大挙来襲し、艦砲射撃の掩護《えんご》によって上陸作戦が開始されていた。二式大艇は、サイパン基地にもどることになったが、岡村中尉機のエンジンの一基が故障していた。

やがて二機の二式大艇は夏島基地を離水したが、岡村は、四基のうち三基のエンジンを始動させ、追うように離水し、サイパンに向って去った。それを岸壁で見送っていた秋場庄二整備兵曹長は、無理をしている、死を急いでいるようだ、と思った。

その予感は的中し、岡村機は未帰還になった。)

海軍中枢部《ちゅうすうぶ》は、福留中将、山本中佐の処置に困惑した。福留は四月六日付で軍令部出仕になっていたが、連合艦隊参謀長が司令部員とともにゲリラに捕えられ、しかも携行していた機密図書が奪われたことは大不祥事であった。

捜索に当った第三南遣艦隊司令部内には、福留中将を軍法会議にかけるべきだという強硬意見を口にする参謀すらあった。

そのような空気を察した海軍中枢部では、至急福留、山本、山形の三司令部員を東京に招致することに決定し、かれらがセブ市水交社に収容された翌四月十四日午後一時には、早くも輸送機でセブ市を出発させた。

福留たちはマニラに到着したが、海軍省、軍令部は、なるべく早く羽田に輸送することを命じ、機密保持のため途中の中継地での燃料補給時間を短くするよう指示した。

海軍中枢部では、一般閣僚にも事件の内容をかくすことにつとめていたが、四月十四日には内閣書記官長が事件の全容を知っているという報告を受けた。また警視庁警保局長から、古賀連合艦隊司令長官の行方不明と福留参謀長の捕えられたという説が横浜方面に流布し、神奈川県警察部長からも横須賀方面で同様の風評がしきりだという報告が寄せられた。

四月十七日、福留中将ら三名を乗せた輸送機は、長崎県大村航空隊基地に到着し、同基地で一泊後翌日羽田についた。飛行場には海軍省首席副官横山一郎大佐が出迎え、ただちに海軍大臣官邸に案内した。

午後三時、同官邸で海軍次官沢本中将、軍令部次長伊藤、塚原両中将、海軍省軍務局長岡中将、人事局長三戸少将、軍令部第一部長中沢少将が福留中将、山本中佐から事情を聴取した。福留は歩行困難で杖《つえ》をつき、山本も足をひいていた。

機密図書を奪われた件については、福留中将、山本中佐が、セブ市水交社で第三南遣艦隊司令部から派遣された参謀山本繁一少佐に説明したのと同様の報告をした。ゲリラ指揮官クッシング中佐をはじめゲリラの扱いは丁重で、機密図書等に対する訊問も全くなかったことを述べた。

もしもクッシング中佐が機密図書を重視していたなら、当然それに対する訊問をおこなったはずで、沢本次官らは福留中将の「ゲリラは機密図書に関心をいだかぬようだった」という言葉を受け入れた。

沢本らは、安堵した。

しかし、福留中将の責任は、それですべてが解かれたわけではなかった。日本軍人は、敵の捕虜となることを最大の恥辱とし、それを避ける方法として死を自らに課すことを常としている。そうした中で、連合艦隊参謀長が虜囚の辱しめを受けながら生還してきたことは、海軍全体の重大問題であった。

ただ福留中将も山本中佐も負傷をしていたし、またセブ市で第三南遣艦隊参謀山本少佐が岡村中尉に対する訊問で、福留、山本が何度も自決を実行しようと努めていたことがあきらかにされ情状酌量《しやくりよう》の余地はあったが、生還してきた事実を不問に付すことはできなかった。

沢本次官らは、その夜福留中将ら三名を海軍省別室に一泊させ、翌日東郷神社近くの池田邸へひそかに移し、軟禁状態におくことを決定した。

福留中将から事情を聴取した後、沢本海軍次官ら五名の者は、福留中将の処置について協議した。論議の焦点は、捕虜問題にしぼられた。或る者は、捕虜になったことは軍規律の根底をゆるがす重大問題であるので、福留中将ら三名の司令部員を軍法会議にかけるべきだと強い語調で主張し、また他の者は、福留中将らを捕えたのはゲリラで正規の敵と解釈すべきではなく、人材欠乏のおりでもあり、不問に付すのが妥当だと反論した。

主張は完全に対立し、結局沢本次官の発案で決をとることになり、挙手によって決をとった結果三対二で不問に付すことが決定した。

その折同席していた某軍令部高級部員のメモには、次のようなことが記録されている。

「福留中将ノ心境並ニ自決ノ肚《はら》アルヤ否ヤニツキ観測ヲナシタルモ、意志アリトスルモノ、次官ハ無シト言ヒ、結論ハ今夜特ニ監視ヲ附セズ、若シ本人ガ自決セントスルナラバソノ欲スル道ヲ執《と》ラシムベシト言フ意見ニ一致シテ、特ニ監視ヲ附セザルコトト決ス」

この現存する記録によると、海軍中枢部は監視を置かず、福留中将に自殺の機会をあたえたことがあきらかにされている。と言うよりは、むしろ自殺することを望んでいたと言うべきであろう。

しかし、福留中将に自決の気配はなく、翌日池田邸に移送された。そして、その日の午後五時、海軍省人事局長三戸少将の発案で、海軍大臣嶋田大将が福留中将から直接事情聴取をおこない、福留は前日と同様の報告をおこなった。

海軍中枢部は、福留中将の処置について苦慮した。もしも福留参謀長が捕虜になって生還したことが知れれば、日本海軍の光輝ある伝統は崩壊する。ただ海軍中枢部の唯一の救いは、福留中将らが捕えられたのは、敵の正規軍ではなくゲリラであるということだけであった。つまり、福留中将らが正式な意味で捕虜となったのではないという意見であった。

しかし、そのような解釈を果して第一線部隊が容認するか否かは、甚だ疑問であった。部隊指揮官は、たとえゲリラであっても米匪軍という名称のしめす通り敵であることに変りはないと主張するおそれがあった。

そのため軍令部では、次長伊藤整一中将をマニラの第三南遣艦隊司令部に派し、さらに陸軍側の諒解を得る必要から福留中将一行の救出に当った第三十一独立混成旅団を指揮下におく第十四方面軍司令部に出張させた。

第三南遣艦隊司令長官岡新中将は、福留中将と同期で、福留の境遇に同情していた。そして、不慮の事故にあった福留のとった行動は決して恥ずべきものではないと主張した。

伊藤次長は、さらに第十四方面軍司令部に赴いた。伊藤としては、陸軍側が福留参謀長に対する海軍側の処置を激しく非難することも十分にあり得ると予想していた。たとえゲリラではあっても捕虜になったことは事実で、当然それに相応した処置をとるべきだと主張されてもやむを得ないと思っていた。

かれは、司令官黒田重徳陸軍中将に会うと、海軍中枢部ではゲリラが正規の敵とは認めがたいという意見が一部にあることを伝え、陸軍側の判断を求めた。

黒田陸軍中将の答はきわめて明快で、

「福留中将が捕虜になったなどということは、陸軍としては一切問題にしていない。ゲリラは、たしかに味方ではないが、敵でもない。ただ治安を乱す集団であるので討伐しているにすぎない」

と、述べた。

伊藤は安堵し、司令部を辞した。

これら現地軍の好意的な回答によって、海軍中枢部の意見は確定した。そして、四月二十五日海軍省人事局は、福留中将ら（乙事件関係者）の処置について左のような決定を下し、関係方面に伝えた。

乙事件関係者ニ対スル処置ノ件

1、関係者ヲ俘虜査問会ニ附スルノ要ナシト認ム

（理由）

(1) 俘虜ノ定義ト称スベキモノ無ク　従ツテ乙関係者ガ俘虜トナリタルヤ否ヤノ判定ハ困難ナルモ　少クトモ相手ヨリ俘虜ノ取扱ヲ受ケタル事実ハ無キモノト認ム

(2) 相手ハ必ズシモ敵兵ト見做《みな》シ得ズ　特ニ土民ハ敵ニ非《あら》ザルコト　明瞭ナリ　又クッシング中佐ガ果シテ米国政府ノ命ヲ受ケ戦闘行為ヲナシツツアルモノナリヤ否ヤ不明ニシテ　正規ノ敵兵ト断定シ得ズ

(3) 何等相手ノ訊問等ヲ受ケ又ハ自己ノ意志ヲ拘束セラレタル事実ヲ認メ得ラレザルヲ以テ相手ニ降服セルモノト認メ得ズ

(4) 仮ニ広義的ニ一時俘虜ノ経路ヲ辿《たど》レルモノトスルモ　海軍大臣ニ於テ其事実ヲ知リ且《かつ》何等利敵行為等ナク責任ヲ調査スルノ要ヲ認メ得ザルヲ以テ　査問会ニテ更《さら》ニ調査ノ要ナシ

2、関係者ヲ軍法会議ニ附スル要ナシト認ム
法律上ノ罪ヲ犯シタリト認ムベキモノナシ　即《すなわ》チ
(1) 事件発生ハ操縦者以外ハ不可抗力ナリシコト
(2)「敵ニ降リ」タル事実ヲ認メ得ズ
(3) 利敵行為ナシ
(4) 軍機保護法ニ触ルルガ如キコトヲ為《な》シアラズ
3、処置
前諸号ニ依リ関係者ハ責任ヲ問フベキ筋ナキモノト認ムル所　従来敵国ノ俘虜トナリタル者ニ対シテハ　其《そ》ノ理由ノ如何ヲ問ハズ極端ナル処置ヲ必要トスル如キ理外ノ信念的観念ヲ以テ対処シ来タレル事実アリ
故ニ今次ノ処置ハ　右根本観念ヲ破壊セザルコト肝要（従来ノ観念ヲ変更セントセバ重大問題ヲ惹起《じやつき》スベク且変更スベキニ非ズト信ズ）ニシテ　之ガ解決ノ途ハ一ツナリ
即チ海軍当局ノ方針ヲ明確ナラシムル点之ナリ

として、一切を不問に付した。
その間、四月六日に草鹿《くさか》龍之介中将が福留中将の後任者として連合艦隊参謀長に

任命され、五月三日には豊田副武大将が司令長官に親補された。そして、二日後の五月五日に古賀峯一大将の殉職《じゅんしょく》が左のように発表された。

大本営発表（昭和十九年五月五日十五時）

一、聯合艦隊司令長官古賀峯一大将は本年三月前線に於て飛行機に搭乗全般作戦指導中殉職せり

二、後任には豊田副武大将親補せられ既《すで》に聯合艦隊の指揮を執りつつあり

この大本営発表とともに古賀大将に元帥の称号が下賜《かし》され、旭日桐花大綬章《きょくじつとうかだいじゅしょう》を授けられ正三位に叙せられたことが情報局より発表された。

当然、海軍中枢部は、福留中将の遭難について発表しなかったが、いつの間にかその事実は多方面に洩れてしまっていた。

これに対して海軍中枢部は、「乙事件関係ニ対スル処置ノ件」の末尾に、「海軍当局ノ方針ヲ明確」にすることによって「解決ノ道」を見出すべきだとしていた。その「解決ノ道」とは、福留中将に対する意外な処置だった。

この点については某海軍省高級副官の回想メモによると、海軍中枢部は、福留中将一行が捕虜であったという一般の疑惑を一掃するため福留中将を栄転させることに定めたという。そして、事実福留中将は六月十五日付で、第二航空艦隊司令長官

に栄転したのである。

また作戦参謀山本祐二中佐も五月一日付で海軍大佐に進み、第二駆逐隊司令、連合艦隊司令部付を経て、八月には第二艦隊参謀として戦艦「大和」に乗艦した。

第二艦隊司令長官は乙事件調査時の軍令部次長伊藤整一中将で、沖縄に米軍が上陸後「大和」を主力とした海上特攻隊指揮官に任ぜられた。

「大和」は、昭和二十年四月六日巡洋艦「矢矧《やはぎ》」をはじめ八隻の駆逐艦をしたがえて内海を出撃、沖縄決戦海面に向ったが、翌七日午後米艦載機約三〇〇機の攻撃を受け、午後二時二三分沈没した。伊藤中将以下約三、〇〇〇名の将兵が艦と運命をともにしたが、山本大佐も戦死したのである。

八

第三南遣艦隊司令部は、機密図書がゲリラの手中に落ちたことは確実と判断し、セブ島のゲリラ部隊のひそんでいると思われる地区に、左のようなビラを飛行機から散布した。

「日本海軍機カラ拾得、モシクハソノ搭乗員ヨリ奪取セル文書、物入、衣服等ハスベテ五月三十日正午マデニ無条件デ返還セヨ。モシ諸君ガワレワレノ要求ヲ履行《りこう》シナイ場合ハ、日本帝国海軍ハ諸君ニ対シ断固タル徹底的手段ニ訴ヘルモノデアルコトヲ警告スル」

むろんゲリラ側から反応はなく、海軍機は、約二週間にわたってセブ島内ゲリラ地区に猛爆撃をつづけた。

そのような現地軍の動きはあったが、海軍中枢部は、福留中将一行が原住民に奪われた機密図書について重大な関心をいだかず、それらがゲリラ側からアメリカ側に渡されたようなことはないと判断していた。そのため連合艦隊司令部の作成したZ作戦計画を変更することはせず、司令部用暗号の切替えもおこなわなかった。

しかし、戦後、連合国情報局「ALLIED INTELLIGENCE BUREAU」のアリソン・インド米陸軍大佐の証言記録によると、機密図書類がゲリラ隊長クッシング中佐から米軍側に渡されたことが明記されている。

その記録によると、ゲリラは、四月一日の夜明前に、セブ島沖で火炎のあがるのを認め、それが日本機の不時着であることを知った。そして、漁民を使って救出に向わせ、日本海軍将兵を捕えた。

海軍将兵は、ほとんど動けないほど傷ついていたが、指揮官らしい男は「周囲の挑みかかろうとする警備兵を恐れずに見詰めた。そして、一度は、銃をもった警備兵の一人に、それを使用して自分たちを殺せという様子を示した。」

警備兵（ゲリラ）は、日本海軍将兵を密林の奥地へ連行しようとしたが、「そのときだった、防水の書類ケースが発見されたのは。」と記され、それがゲリラ本部に引渡されたことがあきらかにされている。

マンガホン山に本拠を置くゲリラ隊指揮官クッシング中佐は、日本海軍将兵の中にあきらかに高級士官と思われる者がいて、花園少将と称していたが、それが偽名らしいことにも気づいていた。さらに押収したケースの中に重要書類と推定できるものが入っていることを知り、ミンダナオ、ネグロス両島のそれぞれのゲリラ部隊で受信されるように、無線機で、

「高官ト思ハレル者ヲ含ム九名ノ日本兵ヲ捕ヘルト共ニ、日本ノ暗号システムラシキ物ノ入ツタ敵ノ重要書類ケースヲ入手シタ」

と、暗号電文を発信し、またクッシング中佐以下ゲリラ隊員は、福留中将を古賀峯一連合艦隊司令長官と信じて、その旨を伝えた。

この電文は、ミンダナオ、ネグロス両島のゲリラ部隊からオーストラリアの連合国軍総司令部に中継された。連合国側は狂喜し、潜水艦をネグロス島に派遣して古

賀長官以下をセブ島からネグロス島に送り、潜水艦でオーストラリアに移送しようと企てた。が、ゲリラが大西大隊に包囲されていたのでそれは不可能になり、包囲を解くことを条件に海軍将兵を日本軍に引渡したのである。

機密図書類は、ゲリラの手でセブ島南部に送られ、夜間ひそかに浮上したアメリカ潜水艦に渡された。そして、それは、オーストラリアのブリスベーンにある陸軍情報部に送られた。

情報部では、それら機密図書の全ページを複写し、さらにマッシュビル大佐指揮下の翻訳者たちが徹夜をつづけて一語も余さず翻訳した。そして、それらを機密図書とともに海軍情報部へ送りとどけ、情報資料判定官と分析官の手にゆだねられた。アメリカ海軍は、その機密図書が極めて重要な内容をもつものであることを知り、興奮した。

かれらは冷静に検討し、機密図書殊にZ作戦計画が奪われたことによって日本海軍が作戦計画を変更することを恐れた。つまりアメリカ海軍は、日本海軍がその計画書通りに作戦を起すことを期待し、その裏をかくことを企てたのだ。そのためには、連合国側がそれらの図書を入手しなかったように偽装する必要があった。

アメリカ海軍は、そのような結論に達し、潜水艦に書類ケースをのせて飛行艇の不時着した海面に向わせ、故意にそのケースを流した。日本海軍の潜水艦にそれを発見させて、引揚げさせようとしたのである。

この記録の抄訳は連合国情報局員の証言記録で、つづいて起ったレイテ海戦について、

「連合国海軍は、広範囲にわたる日本軍の戦略構想の大要を知り尽して、それらの戦場にのぞんだばかりか、敵がどのような船にのってくるか、その燃料の量、火力、脆弱《ぜいじやく》点、また指揮官の名前までも知っていた」

と、記している。

この点について、防衛庁防衛研修所戦史室編「戦史叢書　南西方面海軍作戦―第二段作戦以降―」の「聯合艦隊司令部の遭難」の記述中にも、次のような記述がみられる。

「……海軍中央部は機密図書の行方に強い疑いを持たなかったようであるが、『第二次大戦太平洋戦域における連合国情報活動』（アリソン・インド米陸軍大佐著）には、二番機の不時着時に聯合艦隊のZ作戦計画を入れた防水ケースが米軍の手に渡り、米潜水艦でオーストラリアに送られ、全ページが複製されたのち、もとの防水ケースに収められ、再び潜水艦によってフィリピンに運ばれて海に流されたと記されて

いる。この暗号書および作戦計画の入手は、のちのレイテ湾海戦に重大な役割りを演じたのである。当時、機密書類の紛失について、あまり問題にされなかったのは、比島が第一線と離隔した後方地域であったこと及び福留中将一行に対する待遇が良かったことから、一般比島人が米軍に密接に協力しているとは夢にも思われなかったこと、並びに不時着時の状況からみて敵手に落ちたとは思われなかったため等とみられる。」

アメリカ側では、これらの記録にもあるように機密図書を入手したとしているが、それが果して事実なのかという一抹の疑いもある。

しかし、終戦時海軍中佐として連合艦隊参謀であった千早正隆氏の証言は、その疑念を一掃している。

千早氏は語学に精通していて、昭和二十一年から五年間東京の郵船ビル内に設置されていた連合国軍最高司令部情報部戦史課に勤務していた。旧海軍士官として、米軍戦史の編纂《へんさん》に参加していたのである。

編纂に必要な太平洋戦争関係の厖大な資料がアメリカ本国の情報部から送られてきていて、千早氏は、それらの資料に眼を通す生活を送っていた。

或る日、千早氏は、その中に思いがけぬ書類の束を発見した。それは、連合艦隊司令部の作成した「Z作戦計画」の原本であった。

書類は海水に漬った痕跡が明瞭で、その計画書が海上で押収されたものであることをしめしていた。

千早氏は、福留中将一行がセブ島住民に機密図書類を奪われたことは聞き知っていたが、それがアメリカ側の手に渡っていたことを想像もしていなかっただけに、驚きは大きかった。

しかし、連合国情報局の証言記録によると、福留中将の携行していた書類ケースはアメリカ潜水艦によってセブ島附近で流されたと記されていて、それがアメリカ情報部資料として残されているはずはない。が、千早氏の証言はその疑惑を解き、一つの解釈を成立させる。

氏の眼にしたZ作戦計画書の表紙には、分母を30とし、分子を4又は5とした数字が記されていたという。分母の30という数字は、重要機密の作戦計画書の作成部数をしめし、分子の数字は、所有者の番号で、古賀連合艦隊司令長官は1の計画書を所有し、以下これにつづく。

もしも千早氏の手にしたZ作戦計画書が福留参謀長のものであれば、当然分子の数字は2でなければならぬ。それが4又は5であったとすると、福留中将と同行し

ていた司令部員のものであるという結論が生れる。千早氏は、

「諸条件を考えて、それが作戦参謀山本祐二中佐所有のものとするのが常識でしょう」

と、述べた。

つまり福留中将、山本中佐がそれぞれ携行していた二部の機密図書がアメリカ側に押収され、福留中将所有のものが海に流され、山本中佐所有の図書がアメリカ側に保管されていたと推定されるのである。

いずれにしても、Z作戦計画書と暗号書等は、クッシング中佐の手を経て連合国軍に渡されたことは確実と思われる。


福留中将一行が救出されたセブ島は平穏だったが、戦局の悪化とともに激しい戦火にさらされるようになった。

まず福留機が不時着してから半年後の昭和十九年九月十三日に初空襲があり、その後頻繁に敵機の来襲を受けるようになった。敵の上陸も必至と判断され、セブ島在住の日本人男子は軍命令で義勇軍を結成し、翌昭和二十年一月三十日には四十五歳以上の男と婦女子に避退命令が出た。

総員は一七三名で、その中には小野田セメント工場工場長中村謙次郎、尾崎治郎、檜田広助と同工場炭鉱部の三井物産社員矢頭司他一名もまじっていた。

かれらは、ミンダナオ、ボルネオ、セレベスを経てマニラに向う予定で、夜陰に乗じてセブ港を機帆船で出発した。

しかし、一時間後にアメリカ海軍高速魚雷艇に発見され、船は撃沈された。そして、さらに魚雷艇は、洋上に漂《ただよ》う老幼婦女子に機銃掃射を反復し、生き残った者はわずかに重傷を負った尾崎治郎一名のみであった。

さらに同年三月二十六日午前六時、セブ島に来襲したアメリカ艦艇は猛砲撃を開始し、同八時に上陸してきた。

日本陸軍は、大西大隊を主力に海上輸送第八大隊（大隊長溝口似郎中佐以下一、二〇〇名）、第五船舶廠セブ出張所、船舶工兵第一野戦補充隊、三船司マニラ支部、セブ憲兵隊等計約六、八〇〇名が迎え撃ち、また海軍陸戦隊は、第三十三特別根拠地隊司令官原田覚少将を指揮官に、三、六五八名の将兵と一、五五〇名の軍属が戦闘に参加した。

当時、ゲリラ隊は、クッシング中佐を指揮官に約八、五〇〇の兵力に膨脹していて、日本軍は、優勢なアメリカ上陸軍とゲリラ隊の猛攻撃を受けた。

しかし、日本軍は強硬な反撃を反復し、終戦時に至っても激しい抵抗を持続した。八月十六日終戦を知った各隊は、八月二十四日米軍との間に降伏文書を手交し、戦火はやんだ。大西大隊の戦死者は、過半数の五七七名で、小野田セメント・ナガ工場関係者一四名は全員戦死又は病死した。

終戦後、フィリピン方面の日本軍指揮官の大半は、住民、俘虜虐待を理由に軍事法廷に立たされ絞首刑に処せられた。大西中佐も、セブ島住民の告発を受けてマニラのモンテンルパ収容所に送られた。

しかし、大西大隊に虐待事実の確証はなく、逆に住民を好遇していたこともあきらかになって大西中佐は無期刑に処せられた。その取調べ中、ゲリラ隊長クッシング中佐から大西が約束を守って包囲を解いたことに感謝する旨の証言もあった。大西は、後に巣鴨刑務所に移され釈放された。

不時着機搭乗員中、現存しているのは元海軍一等飛行兵曹吉津正利、今西善久の両氏のみである。

海軍甲事件

おだやかな冬の陽光の中で、私は、私鉄の小駅の前に立っていた。

その日は成人の日で、電車の中にも、降り立った駅のフォームにも晴着を着た娘たちの姿がみえ、改札口をぬけて階段をおりてくる途中でも、華やかな裾をつまんで上ってくる少女らしさの残った娘とすれちがった。

私は、線路と直角に通じている路に視線を向けていた。改札口の傍の売店に置かれた赤電話で訪問予定先に電話をかけると、私が会いたいと願っている人が電話口に出て、

「今すぐ車で行きますから駅の前に待っていて下さい」

と、言った。

傍の踏切りのポールがおりて、急行電車が通過していった。その車窓の中にも、晴着の色がみえた。

やがて、路の前方に白っぽい小型車が姿をあらわした。フロントガラスに陽光が

反射し、乗っている人の顔はわからなかったが、私は、その車にかれが乗っているような予感がした。

小型車は近づいてくると、三〇メートルほどへだたった位置でとまった。踏切りの車の通行量を調整するためか、道が一方通行になっていて、車は左へ通じる道をたどらなければならないらしい。小型車の停止した位置は、左へ曲る道との分岐点であった。

ドアがひらいて、一人の男が路上におり立った。

かれは、私の方に顔を向け、左手を振った。右手は、垂れたままであった。

私は、小走りに車に近づくと、姓名を告げた。かれは、

「ヤナギヤです」

と、答え、助手席のドアをあけて乗るようにうながした。

車は、反転し、舗装路を走り出した。

男の右手は義手で、厚いセーターの袖口から先端が環になった金属製の棒が突き出ている。ハンドルに大きな押しボタンにでも似た突起物が固着されていて、かれはそれに義手の環をはめてハンドルをうごかす。車の動きは、安定感にみちていた。

私は、義手の環に、男が戦場で死の危険にさらされながら辛うじて生きぬいた人

間であることを感じた。かれは、戦闘機の操縦士であり、歴史の重要な一部分に密接な関係をもっている。戦後三十年をへた現在、すでに歴史の襞《ひだ》の中に深く埋《うも》れかけている戦争の得がたい証言者の一人なのである。

太平洋戦争中、日本海軍の部内で甲事件、乙事件と呼称された事件が起っている。甲事件とは、昭和十八年四月十八日、ラバウルからブーゲンビル島方面へ前線将兵の労をねぎらうために飛行機で赴いた山本五十六大将ほか幕僚が、ブイン北方でアメリカ戦闘機の攻撃をうけて戦死したことをさし、乙事件とは、翌昭和十九年三月三十一日、パラオからダバオへ飛行艇で移動した古賀峯一大将らが悪天候に遭遇、殉職したことを言う。

両事件の共通点は、いくつかある。

その第一は、山本、古賀ともに連合艦隊司令長官で、いずれも死亡していることである。山本が戦死した時も、古賀が殉職した時も、使用された飛行機は二機で、前者は、双発の一式陸上攻撃機、後者は四発の二式大型飛行艇で、長官と幕僚、参謀長と幕僚がそれぞれ分乗し、目的地へと向っている。

偶然のことではあるが、両事件とも長官機に乗った者たちは全員戦死または行方不明であるのに、参謀長機は、いずれも海上に不時着し、参謀長らは島に泳ぎつき死をまぬがれている。司令長官山本五十六大将、参謀長宇垣纒《まとめ》中将のそれぞれ後任として任についた古賀峯一大将、福留《ふくとめ》繁中将が、同じような難に遭ったのである。

私は、乙事件についてはすでに「海軍乙事件」と題して小説に書いた。その資料調査と関係者の証言を蒐集《しゅうしゅう》整理している間、甲事件のことが念頭からはなれなくなった。

テレビの太平洋戦争の記録フィルムには、山本司令長官の乗る一式陸上攻撃機がアメリカ陸軍戦闘機の銃撃をうけて火を吐《は》くいたましい光景が映し出される。その折の事情については、阿川弘之氏が「山本五十六」に書き、また、防衛庁防衛研修所戦史室の編纂《へんさん》官小田切政徳、吉松吉彦両氏が、「大本営海軍部・聯合艦隊〈4〉第三段作戦前期」に叙述している。

私は、このような記述によって甲事件の概要を知っているが、気がかりなことが一つだけあった。

山本長官、宇垣参謀長らを乗せた二機の一式陸上攻撃機には、六機の零式（艦上）戦闘機が護衛についていた。そして、ブインに接近した時、アメリカ陸軍戦闘機一六機の攻撃をうけ、長官機は撃墜され、参謀長機は不時着した。当然、六機の護衛機は、全力をかたむけて空戦をくりひろげたのだろうが、それは徒労に終っている。私は、それら六機の護衛戦闘機に乗っていた者たちの心情を想像し、かれらが戦時をどのように生きたかが知りたかった。その点については、「大本営海軍部・聯合艦隊〈4〉第三段作戦前期」にも記述はなく、ただ直掩戦闘機六機という文字がみられるだけで、指揮者、操縦者の名も記されていない。

……私の傍で車を運転しているヤナギヤ氏は、その折、戦闘機の一機に乗っていた飛行士である。氏が東京におられることを知って、電話でお眼にかかりたいという希望を伝え、氏の承諾を得たのである。

氏は、五十六歳とは思えぬほど若々しい。髪は黒く、豊かで、顔の肌は艶々《つやつや》としている。目鼻立ちのととのった温和な表情をしている。

回想をおききする場所は氏の家で、車は、閑静な住宅街の坂道をのぼっていった。

一

柳谷謙治——

大正八年三月に農家の長男として北海道に生れ、二歳の折に両親に連れられて樺《から》太《ふと》に渡った。

両親は、開拓農民として間宮海峡に面した泊居《とまりおる》の広大な土地に入植、農耕に従事した。収穫物は、馬鈴薯、玉蜀黍《とうもろこし》、小麦、一般野菜等で、生活に不自由はなかった。

謙治は、泊居の小学校をへて尋常高等小学校を卒業し、農業の仕事に従事したが、二年後には泊居の王子製紙株式会社の工場に勤めた。

昭和十四年、徴兵検査をうけ、甲種合格。陸軍に入営する者ばかりであったが、かれのみは横須賀《よこすか》海兵団に入団を命じられ、列車で樺太南部の大泊《おおどまり》に出て連絡船宗谷丸で北海道の稚内《わっかない》に渡り、列車で函館に赴《おもむ》き、青函連絡船で青森へ、それから東京の親戚宅に落着いた。海兵団に入団したのは、翌昭和十五年一月十日であった。

かれは、航空整備員としてきびしい訓練をうけた後予科練に入り、翌昭和十六年四月下旬、適性検査の結果、操縦専修を命じられた。そして、練習機による操縦訓練を反復し、戦闘機操縦に専念することを命じられた。

かれは、大分の海軍航空隊で、二等飛行兵として七カ月間、猛訓練をうけた。乗機は、主として九六式、九五式戦闘機であった。

その間に、太平洋戦争が勃発し、かれは木更津航空隊に転属になった。同航空隊に赴いて間もない昭和十七年四月十八日、犬吠埼《いぬぼうさき》東方六五〇浬《かいり》の洋上に接近したアメリカ空母「ホーネット」から放たれたジミー・ドウリットル中佐指揮のノースアメリカンB25型爆撃機一三機が、超低空で東京に侵入し投弾、別の三機は名古屋、関西方面に向った。

木更津航空隊では戦闘機が迎撃に舞い上ったが、アメリカ機は低空で、しかも単機ずつ行動していたので発見することはできなかった。

かれは、連日戦闘機に乗って実戦さながらの訓練をうけた。所属の飛行隊は、新しく編成された第六航空隊であった。

東京初空襲に衝撃をうけた山本連合艦隊司令長官は、アメリカ空母の接近を防止するためにミッドウエイ島を空襲して同島基地の攻略を企《くわだ》てた。その作戦に第六航空隊も参加、かれも、ミッドウエイ島に上陸する基地員として、五月十九日、「慶洋丸」に乗船、サイパンに向った。が、作戦が惨敗に終ったので、再び「慶洋丸」で横須賀に帰った。

やがて、ラバウル航空基地進出がきまった。まず第一陣として、小福田租大尉指揮の零式戦闘機隊が島づたいに飛ぶことになり、硫黄島、サイパン、トラックをへてラバウルに、ついで宮野善治郎大尉指揮の第二陣約三〇機が空母「瑞鳳《ずいほう》」でトラックに向った。柳谷もその一員で、十月七日トラック泊地に入った「瑞鳳」を発艦し、ラバウル基地に到着した。第六航空隊は、二〇四空と改称された。

開戦以来、日本海軍の零式戦闘機は、アメリカ陸軍戦闘機をはるかに上廻るすぐれた性能を発揮していた。重装備をほどこしていながら、高速で比類のない大航続力をもち、その上、空戦性能がきわめて優秀で、アメリカ戦闘機のどの機種をもってしても零式戦闘機に対抗できるものはなかった。

ラバウル基地に赴いた柳谷謙治は、零式戦闘機に乗って実戦に従事した。攻撃、空戦、迎撃、中攻隊や船団の護衛等であわただしく日を過した。

かれが、ラバウル基地に所属して単独で撃墜した敵機は八機、僚機とともに協同撃墜したのは一八機と記録されている。

二

ラバウルに赴任してから半年後の昭和十八年四月十七日、柳谷飛行兵長は、他の隊員とともに、珍しく休息をとっていた。

その頃、戦局は、ようやく悪化のきざしをみせはじめていた。その年の二月上旬、激しい攻防戦の末、日本軍はガダルカナル島から撤退した。同島には、戦死者一万五千名、飢餓等による戦病死者四千五百名の遺体が残され、また同島をめぐる戦闘で、日本側は八九三機の航空機と優秀な搭乗員二、三六二名を失っていた。

ガダルカナル島を奪回したアメリカ軍は、同島を整備して航空基地を完成させ、反攻態勢をととのえてニューギニアのブナの日本軍を全滅させ、ラエ、サラモアに迫っていた。そうした戦況の悪化を憂えた大本営は、「い」号作戦を発令した。それは、海軍航空兵力を結集した作戦で、ソロモン、ニューギニア方面に対し大空襲をおこなう意図のもとに四月七日から三三九機の海軍機を投入して実施された。

その作戦は、十六日で終了、結果は満足すべきもので、二〇四空の隊員たちは次の作戦命令が出るまで基地で待機していたのである。

トラック島在泊の連合艦隊旗艦「武蔵《むさし》」に坐乗していた山本連合艦隊司令長官は、「い」号作戦の直接指揮に任ずるため、幕僚をしたがえてラバウル基地に来ていた。

その日、長官宿舎では、「い」号作戦研究会がひらかれていたが、基地内には作戦の終了したおだやかな空気がひろがっていた。警戒にあたる飛行機以外、飛び立つ機はなかった。

午後三時すぎ、柳谷飛行兵長は、他の者と森崎武中尉のもとに呼ばれ、

「明朝六時、二機の輸送機を直掩《ちよくえん》し、ブインに赴く」

旨《むね》の命令をうけた。

輸送機は一式陸上攻撃機で、一番機には連合艦隊司令長官山本五十六大将、二番機には参謀長宇垣纒中将がそれぞれ幕僚をしたがえて乗りこむという。護衛機は、零式戦闘機六機で、第一小隊一番機は森崎武中尉、二番機辻野上豊光一等飛行兵曹、三番機杉田庄一飛行兵長、第二小隊一番機は日高義巳上等飛行兵曹、二番機岡崎靖二等飛行兵曹、三番機が柳谷飛行兵長と指示された。

柳谷飛行兵長は、山本長官らがブインに赴く目的については知らなかったが、それは、ブーゲンビル島、ショートランド島の前線将兵の労をねぎらうためで、ブーゲンビル島南端のブイン基地に赴き、さらに南方に浮ぶショートランド島の近くにあるバラレ島基地に着陸する予定が立てられていた。その巡視は日帰りで、翌十九日には、ラバウルからトラック在泊の旗艦「武蔵」に帰着することになっていた。

この前線視察計画は、十三日に決定し、南東方面艦隊、第八艦隊両司令長官連名で左のような機密電として関係各部に打電連絡されていた。

『機密第一三一七五五番電

着信者（略）受報者（略）発信者（略）

聯合艦隊司令長官四月十八日左記ニ依《よ》リ「バラレ」、「ショートランド」、「ブイン」ヲ実視セラル

㈠　〇六〇〇中攻（戦闘機六機ヲ附ス）ニテ「ラバウル」発〇八〇〇「バラレ」着、直ニ駆潜艇（予メ一根ニテ一隻準備ス）ニテ〇八四〇「ショートランド」着　〇九四五右駆潜艇ニテ「ショートランド」発　一〇三〇「バラレ」着（交通艇トシテ「ショートランド」ニハ大発「バラレ」ニテハ内火艇準備ノコト）一一〇〇中攻ニテ「バラレ」発　一一一〇「ブイン」着　一根司令部ニテ昼食（二十六航空戦隊首席参謀出席）　一四〇〇中攻ニテ「ブイン」発　一五四〇「ラバウル」着

㈡　実施要領、各部隊ニ於《おい》テ簡潔ニ現状申告ノ後隊員（一根病舎）ヲ視閲（見舞）セラル　但シ各部隊ハ当日ノ作業ヲ続行ス

㈢　各部隊指揮官、陸戦隊服装略綬トスル外当日ノ服装トス

㈣　天候不良ノ際ハ一日延期セラル』

柳谷飛行兵長は、他の者たちとともに宿舎に帰った。連合艦隊司令長官と参謀長らの乗る一式陸上攻撃機の護衛を命じられたことを誇らしく思ったが、特に緊張感はなかった。

当時、その方面は、ほぼ完全に日本海軍の制空権下にあり、柳谷たちにとってブーゲンビル島、ショートランド方面へ飛行することはしばしばで、少しの危機感も

いだいてはいなかった。

事実、同方面への敵機の飛来は、Ｐ38ライトニングによる高高度の偵察行動のみで、

四月十一日　飛来機ナシ
　十二日　午前五時〜六時……一機
　　　　　　　七時〜八時……一機
　十三日　午前七時〜八時……一機
　十四日　午前五時〜六時……一機
　十五日　午前七時〜八時……一機
　十六日　午前五時〜六時……一機

といった飛来状況が記録されていた。

それらの機は、各島々におかれた電波探信儀にとらえられ、日本側に察知されず来襲するおそれはないと判断されていた。

当然、長官一行の輸送機が敵機の攻撃をうける可能性は考えられず、視察行動の

立案をした司令部の室井航空乙参謀も護衛機を六機程度で十分と考え、他の現地関係者もその意見に積極的に反対する者はいなかった。つまり、六機の戦闘機の護衛は、長官機、参謀長機に対する儀礼にも似た意味すらあったのである。

しかし、むろん苛烈な戦闘のおこなわれている地域なので、護衛戦闘機には中堅クラスの空戦経験も十分な柳谷たちが選ばれた。二〇四空では、指揮層の士官の戦死が相つぎ、分隊長宮野善治郎大尉以外の士官は分隊士の森崎武中尉のみで、森崎が護衛戦闘機の指揮をとることになったのである。

翌四月十八日午前五時、柳谷飛行兵長は起床し、護衛の任にあたる五名の隊員とともに朝食をとった。天候は、晴れであった。

柳谷謙治氏の回想——

私タチハ、東飛行場デ森崎中尉カラ訓示ヲ受ケ、零戦ニ乗リマシタ。ラバウルニハ、海岸近クニ東飛行場、高地ニ西飛行場ガアッテ、長官機、参謀長機ハ西飛行場カラ出発スル予定ニナッテイマシタ。

午前六時頃、私タチハ離陸シ、上空デ待ッテオリマスト、西飛行場カラ一式陸攻二機ガ前後シテ離陸、高度ヲアゲテキマシタ。湾口ノ火山ガ眼下ニ見エ、私タチハ編隊ヲ組ンデ南南東ニ針路ヲ定メマシタ。

一式陸攻ノ高度ハ二、五〇〇、護衛戦闘機ハ敵機ノ来襲ニ備エテ更《さら》ニ五〇〇メートル上空ノ高度三、〇〇〇メートルニ位置ヲトリマシタ。一式陸攻ハ雁行《がんこう》シ、零戦ハ右後方ヲ三機編隊デ進ミマシタ。左右ニ分レテ長官機、参謀長機ヲ直掩シテイッタト公式記録ニアルヨウデスガ、右後方ニ従ッテイッタノデス。

スコールモナク、気流モ安定シテイテ上々ノ飛行日和デシタ。眼下ノ海上ニ、輸送船ガ護衛艦ト共ニ航行シテイルノヲ何度カ見マシタ。

ヤガテ左前方ニ、ブーゲンビル島ガ見エテキマシタ。私タチハ、陸攻ノ後カラ一定ノ距離ヲ保ッテツイテユキマシタ。

ソノウチニ、二機ノ陸攻ハブーゲンビル島ノ陸地ノ上空ニ入リ、私タチモソレニ従イマシタ。

前方ニ、ブーゲンビル島南端ノブインＨ基地ガ見エテキマシタ。緑一色ノジャングルノ中デ、赤土ニオオワレタブインノ飛行場ガ、茶色イマッチ箱ノヨウデシタ。後デ聞イタコトデスガ、ブイン基地デハ、長官一行ガ来ルト言ウノデ、撒水車《さんすいしゃ》デ飛行場ニ水ヲ撒《ま》キ、砂埃《すなぼこり》ガ舞イ上ラヌヨウニシテイタ由デス。ブイン飛行場ハ、砂埃ノ多イ所デシタ。

十分程デ着陸スル位置ニ達シ、高度ヲ下ゲカケタ時デシタ。
ブインノ南方ニアルショートランド島方向ニ、多数ノ機影ガ見エマシタ。高度ハ約一、五〇〇メートルデ、双発双胴ノＰ38ライトニングノ群レデアルコトガ判リマシタ。機体ノ上部ハ緑色デ、低空ニ位置シテイルタメ、ジャングルノ緑ニ保護色トナリ、私タチノ方ガ機影ノ発見ガオクレタコトハアキラカデシタ。

Ｐ38ハ、増槽タンクヲ投下、急上昇シテ二機ノ一式陸攻ニ対シ攻撃態勢ニ入ッテイマシタ。

森崎中尉ノ零戦ガ、バンクシテ長官機ニ急速接近ヲハジメマシタノデ、私モ他機ト共ニ増速、陸攻機ニ近ヅクＰ38ノ群ニ突ッ込ンデユキマシタ。スデニ、Ｐ38ハ、下方カラ銃撃ヲ開始シテイマシタ。

私タチハ先行スルＰ38ヲ追イ払イマシタガ、ソノ間ニ他ノＰ38ガ陸攻機ノ後方カラ銃撃ヲ加エテイマシタ。Ｐ38ハ一六機ダッタ由デスガ、カレラハ私タチトノ交戦ヲ極力避ケ、目標ヲ二機ノ陸攻機ニ絞ッテイマシタノデ、六機ノ零戦デハ手ガマワラナカッタノデス。

私ガ、機ノ態勢ヲトトノエテ反転シタ時、陸攻機ノ一機ガ煙ヲ吐キナガラ左ノ陸地方向ニ、他ノ陸攻機ガ右手ノ海上方向ニ降下シテユクノガ見エマシタ。

サラニワタシハ、陸地方向ニ降下シテイッタ一式陸攻ガジャングルニ没シ、ソコカラ僅《わずか》ナ炎ト黒煙ガ昇ルノヲ目撃シマシタ。マタ、右方向ニ降下シテイッタ一式陸攻モ、水シブキヲアゲテ海上ニ不時着スルノヲ見マシタ。

私ハ、大変ナコトニナッタト思イ、ブイン基地ニ急グト、二〇〇メートルノ低空カラ緊急合図ノタメノ射撃ヲシマシタ。ソレニヨッテ、不測ノ事態ガ発生シタコトヲ知ッタラシク、戦闘機ガ二機舞イ上ッテキマシタガ、敵ハ、スデニ高速度デ避退シタ後デシタ。

私ハ、口惜シク、単機デ南東ニ向イマシタ。敵ノ基地ハガダルカナル島デアルコトガハッキリシテイマスノデ、帰投スルP38ヲ追ッタノデス。

期待ハ的中シ、コロンバンガラ島附近ヲ高度三、五〇〇デP38一機ガユックリト飛ンデイルノヲ発見シマシタ。敵ハ、コチラニ気ヅイテイナイラシク、私ハ、機ヲ急上昇サセテ一、〇〇〇メートル程ノ高度ヲトッテ十分ナ態勢カラ銃撃を加エマシタ。

弾丸ハ命中、P38ハフキ出ル燃料ヲ白イ尾ノヨウニ引キナガラ海ノ方へ去ッテユキマシタ。ソノ機ハ、基地マデ帰レズ墜落シタト思イマス。

私ハ機ヲ反転サセテ、ブイン基地ニ着陸シマシタ。岡崎靖二等飛行兵曹機ハ、エンジン故障デ、スグ近クノショートランド島ノ近クノバラレ島飛行場ニ着陸シテイマシタ。

米軍ノ公式記録ニヨリマスト、零戦ヲ二機撃墜シタトシテイルソウデスガ、ソノヨウナ事実ハアリマセン。岡崎機モ、翌日エンジン修理ヲ終エテ、ラバウル基地ニ帰ッテイマス。

海上に不時着した一式陸上攻撃機から、島に泳ぎついて死をまぬがれた参謀長宇垣纒中将は、自著「戦藻録《せんそうろく》」で、およそ左のような回想をしるしている。

「機がブーゲンビル島の西側上空に達して高度をさげた時、不意に山本長官の乗っている一番機が急降下し、私の機もそれにならった。

何事か？　と思い、通路にいた機長の谷本一等飛行兵曹に問うと、谷本は、

『なにかの間違いでしょう』

と、答えた。

しかし、すぐに敵機の来襲であることが判明し、機銃音が起った。

機はさらに高度をさげ、急速九十度以上の大回避をおこなった。機長は、上空を見つめていて、敵機が突っこんでくるのを見る度に、主操縦者の肩をたたいて、左

右に機を動かすよう指示した。

一番機（山本長官機）は右に、私の機は左に分れ、二回ほど敵機をかわして一番機はどうかと見ると、ジャングルすれすれに黒煙と火を吐いて南の方向に逃げてゆくのがみえた。

私は、通路に立つ室井航空参謀の肩を引き寄せ、

『長官機を見ろ』

と、指示した。

敵機の接近で、機はまた急転し、水平になったので長官機を眼で追うと、すでに機影はなく、ジャングルから黒煙が天に沖《ちゅう》するのを認めただけであった。――（後略）」

柳谷飛行兵長は、零戦から降り立つと、隊員の傍に行った。

ブイン基地には、沈鬱な空気がひろがっていた。

基地の者たちは、最後に着陸してきた柳谷に状況をたずねた。かれは、どのような返事をしてよいかわからず、曖昧《あいまい》な答えをしているだけであった。

そのうちに、士官がやってくると、

「この事故は、海軍の全作戦にも影響をあたえる重大問題であるから、余計なことはしゃべるな」

と、注意された。

指揮者の森崎武中尉は、基地の幹部に詳細な報告をしているらしく、柳谷たちのもとには姿をみせなかった。

柳谷は、基地の者が、

「飛行場に埃を立てぬよう水もまいて長官をお待ちしていたのに……」

と、低い声で嘆くのを耳にした。

たしかに、いつも砂塵のまき上る飛行場は澄んでいて、それが一層悲哀感を深めていた。飛行場からは、機体捜索のため飛行機が舞い上り、しきりにジャングル方向や海の方向を旋回しているのがみえた。

やがて、森崎中尉が柳谷たちのもとにもどってきた。かれの顔はこわばっていて、

「ラバウル基地へ帰る」

と、力ない声で言った。

かれらは、それぞれ自分の機に近づき、身を入れた。

次々に五機の零式戦闘機が離陸し、ブイン上空で集合した。時刻は、正午丁度で

あった。

機は、北西に針路を定めラバウルに向った。天候は依然として良好で、空の青さがかれらの眼には痛かった。

ラバウルに帰着したのは、午後一時五〇分であった。

事故の発生はすでにラバウル基地にも伝えられていて、分隊長の宮野善治郎大尉が悲痛な表情で迎え、森崎中尉を伴って指揮所へ入って行った。そこには、司令の杉本丑衛《うしえ》大佐が立っていた。

柳谷飛行兵長は他の三名と整列し、杉本大佐に報告している森崎中尉の姿を見つめていた。

報告は長く、柳谷たちは立ちつづけた。

やがて、かれらは指揮所の前に招かれた。指揮所から出てきた杉本司令は、

「此《こ》の度の事故は、まことに痛恨にたえない。これは、全日本海軍にとって重大事件であるとともに日本の将来にも大きな影響をあたえる。全軍の士気にもかかわることであるから、今後、この件について絶対に口外してはならぬ」

と、鋭い眼をして言った。

柳谷たちは、ハイと答えた。

かれらが幕舎に帰ると、隊の者が待ちかまえたように質問を浴びせかけてきた。早朝にブーゲンビル島、ショートランド島方面の視察に出発した長官一行は夕刻にラバウルへ帰着する予定になっているのに、護衛していった戦闘機六機のうち五機のみがもどってきて、長官機、参謀長機が帰還しないことをいぶかしんでいた。

さらにかれらは、護衛機の者たちが、指揮所の近くで長い間立っていて、杉本司令からなにか訓示をうけていたことにも不吉なものを感じたようだった。それに、森崎中尉をはじめ柳谷飛行兵長たちの青ざめた顔に、不測の事故が発生したのではないかと疑っているようだった。

隊の者たちの質問に、柳谷たちは当惑した。杉本司令から決して口外してはならぬと言われていたが、長官機、参謀長機と護衛戦闘機隊の岡崎機が帰還しない理由を問われると、沈黙を守ることもできなかった。

柳谷たちは、

「ちょっとした事故があって、長官機と参謀長機が不時着したが、大したことはなくすんだ」

と、口ごもりながら告げた。

隊の者たちは、口をつぐんだ。十分に整備され熟達した飛行士によって操縦されている長官機と参謀長機が、天候がきわめて良好であるのに共に不時着するような事故を起したとは考えられない。かれらは、長官機、参謀長機が敵機の攻撃をうけたことを察したようであった。通常、不時着事故は乗っていた者の生命を死の危険にさらす。隊の者たちの眼には、山本長官一行の安否を気づかう光が不安そうにうかび出ていた。

柳谷たちは、鬱々とした表情で幕舎の中に身を置いていた。

長官機、参謀長機がＰ38の攻撃をうけて撃墜され不時着した事故は、ブイン基地からラバウルに打電され、その電報についで森崎中尉の報告もラバウルに残っていた連合艦隊司令部の黒島亀人、渡辺安次両参謀、南東方面艦隊司令長官草鹿《くさか》任一中将らに伝えられた。

草鹿中将は、嶋田繁太郎海軍大臣、永野修身軍令部総長宛《あて》に、左のような機密電報を発した。

『機密第一八一四三〇番電
発　南東方面艦隊長官
甲第一報

聯合艦隊司令部ノ搭乗セル陸攻二機、直掩戦闘機六機ハ本日〇七四〇頃「ブイン」上空附近ニ於テ敵戦闘機十数機ト遭遇空戦　陸攻一番機〔長官（A）、軍医長（C）、樋端参謀（E）、副官（F）搭乗〕ハ火ヲ吐キツツ「ブイン」西方一一浬密林中ニ浅キ角度ニテ突入、二番機〔参謀長（B）、主計長（D）、気象長（G）、通信参謀（H）、室井参謀（I）搭乗〕ハ「モイガ」ノ南方海上ニ不時着セリ　現在迄ニ判明セル所ニヨレバ（B）（D）（何レモ負傷）ノミ救出セシメ目下捜索救助手配中（本電関係ハ爾後甲情報ト呼称シ職名ハ括弧内羅馬字《ローマじ》ニテ表ハスコトトス）』

この暗号電報は、午後五時八分、霞ヶ関の東京海軍通信隊に受信され、海軍省電信課で七時二〇分訳了された。そして、ただちに嶋田海軍大臣、永野軍令部総長につたえられた。

長官、参謀長らの安否が気づかわれたが、第二報が受信され、その中で長官機については、

「捜索機ノ偵察ニヨレバ同機ト認メラレルモノハ機首ヲ『ジャングル』内ニ突込ミ燃残リノ翼端又ハ胴体後半部ヲ認メタルモ人員ヲ認メズト（「ジャングル」ハ深キモノノ如《ごと》シ）」

「一番機ニ対シテハ……捜索救助隊現場ニ急行中ナリ」

という報告がみられ、生存者がいるという確証は見当らなかった。

またその第二報で、海上に不時着した二番機（参謀長機）については、

「二番機搭乗ノ三名ハ間モナク見張所員及大発ニ依リ救助セラレタルモ其《その》他ハ脱出シ得ザリシモノノ如シ」

とあって、三名が生存し救助されたことがあきらかにされている。その三名は、宇垣参謀長、北村艦隊主計長、主操縦員林浩二等飛行兵曹で、今中薫通信参謀、室井航空乙参謀、友野気象長と機長谷本一等飛行兵曹らは戦死したのである。

長官機の捜索は、偵察機と陸上部隊の協力で積極的にすすめられていたが、翌二十日、南東方面艦隊司令部に、ブーゲンビル島の守備に任ずる第一特別根拠地隊から、

「A（長官）機生存者ナシ
遺骸収容中　」

という機密電が入った。

発見したのは、一番機の墜落を目撃して自発的に捜索をしていた第六師団第二十三聯隊砲中隊の浜砂盈栄歩兵少尉指揮の一隊であった。

かれらは、二十日午前六時に現場着、遺骸一一体を収容、午後二時海岸に到着し、

午後七時に第一特別根拠地隊司令部に運んだのである。

浜砂少尉の遭難現場附近の状況報告は、第一根拠地隊司令部から南東方面艦隊司令部に提出されているが、山本長官の遺体については、

「軍刀ヲ左手ニテ握リ　右手ヲソレニ副ヘ　機体ト略々《ほぼ》並行ニ頭部ヲ北ニ向ケ　左側ヲ　下ニシタ姿勢デ居ラレマシタ。

御遺骸ノ下ニハ座席（クッション）ヲ敷キ少シモ焼ケテハ居ラレマセンデシタガ　左胸部ニ敵弾ガ当ツタモノノ様デ血ガ流レテ居リマシタ。

他ノ方ノ遺骸ハ全部腐敗シテ　殆ド全身ニ蛆《うじ》ガ湧イテ居リマシタガ　Ⓐ（山本長官）ノ御遺骸ノミハ僅ニロト鼻ノ附近ニ蛆ガ湧イテイル程度デアリマシタ」

と報告され、機体の破壊状況の説明につづいて、遺体の散乱した図がえがかれていた。

ラバウルにも、長官機に搭乗していた山本五十六連合艦隊司令長官をはじめ全員の死亡がつたえられ、それらは中央にも打電された。

前日には、空戦時にエンジン不調でバラレに着陸していた岡崎機もラバウルに帰着していたが、森崎中尉をはじめ六人の飛行士はひっそりと幕舎の中ですごしていた。

かれらは、山本長官らの無事をねがっていたが、それらしい話はつたわってこない。すでに杉本司令は、山本らの死を知っていたのだが、関係者以外厳秘という扱いを守って隊の者にもらすことはしなかったのである。

翌々日の四月二十二日、長官機、参謀長機の護衛をした森崎中尉ら六名は、杉本司令から九六式陸上攻撃機に乗ってトラックに零式戦闘機を受領してこいという命令をうけた。護衛戦闘機に乗っていた六名のみがえらばれたことは、特殊な意味があるように思われた。

柳谷飛行兵長は、自分たちが事故について口外することを恐れた上層部の判断によるものだろう、とひそかに思い、他の者と九六式陸上攻撃機に乗ってトラックへ向った。

柳谷の推測は半ば的中してはいたが、かれらをトラックに送った背景には、事件の漏洩を極度におそれる関係者の周到な配慮があった。

その日の午後ブインからラバウルに飛行機が到着したが、機内には宇垣参謀長らとともに山本司令長官らの遺骨がのせられていた。それらは、ひそかに司令部前の半地下室に安置され、翌日、飛行艇でトラックに運ばれ、同島で在泊中の旗艦「武蔵」の長官室に納められた。

つまり、ラバウルに護衛戦闘機隊の者がいて、ブインから山本長官らの遺骨が送られてきたことを知れば、かれらの受ける精神的衝撃は大きく、自決に類した思いがけぬ行動に出ることも予想された。そして、それが長官の死を広く知らせてしまう結果を招くことにもなるので、事故の噂《うわさ》がひろがっていないトラックに森崎ら六名を一時送ったのである。

山本長官の死は、厳重に秘匿《ひとく》されていたので、トラックでは限られた上層部の者しか知らなかった。遺骨が置かれている「武蔵」ですら、一般乗員には気づかれていなかった。

柳谷飛行兵長は、森崎中尉らとともに受領した零式戦闘機の試験飛行をかさね、整備点検もととのったので、同月二十四日にそれらの機を操縦してラバウル基地にもどった。

柳谷たちに対して、責任問題は起らなかった。

かれらは、護衛していった長官機、参謀長機を敵機の来襲で失ったが、六機の護衛機で十六機の敵機の攻撃をふせぐことは事実上不可能であった。

そうした事情を理解していた上司たちはかれらの責任を問うことはなく、一般の隊員たちも柳谷たちの不運に同情することはあっても非難する者はいなかった。

しかし、柳谷たちは、鬱屈とした気分で日を過していた。かれらは、山本長官たちの生存をねがい、隊員の自分たちに向けられる眼の色をうかがった。そうした苛《いら》立《だ》ちをまぎらわすのは、出撃であった。

戦闘は、日増しに苛烈さを加え、未帰還機も多くなってきている。護衛の任を果せなかったことを苦慮するよりも、敵機と交戦して撃墜させなければならぬという使命感をもつべきだ、と自らをはげましていた。

六人の者たちの眼には、鋭い光がうかぶようになった。予備学生出身の森崎中尉も容貌がけわしくなり、かれらは、連日のように出撃してゆく。それは、すすんで死を自らに課そうとしている行動のようにすらみえた。

三

その頃、中央では、長官機、参謀長機がP38一六機の攻撃をうけたのは、長官一行の行動をアメリカ側がなんらかの方法で察知していたのではあるまいかという深い疑惑をいだいた。

その第一は、今まで一日に一機程度の偵察機しか飛来していなかったブイン附近に、長官機がその附近にさしかかった時、多数のＰ38が襲いかかってきたことは計画的な待ち伏せと考えられた。しかも、低空で接近してきたことは、日本軍の電波探信儀に捕捉されることを避けた奇襲を意図したものとも推測された。

それに対して、敵機群の攻撃は、偶然出会ったにすぎないという意見も強かった。その理由としては、遭遇した折、敵機編隊は、長官機、参謀長機よりも千メートル、護衛戦闘機より千五百メートルも高度が低く、通常攻撃する場合は、相手機よりも高い位置から仕掛けるのが有利で、そうした原則から考えて、Ｐ38編隊が攻撃を加えるため待っていたとは思えぬという。また、攻撃する場合に太陽を背にして接近することは相手からの発見をおくらせるのに有効だが、Ｐ38は、逆方向から進入してきていて、そのことも偶然の遭遇という判断を深めさせた。

アメリカ側に事前に察知された場合、その方法としては暗号電報が解読されたということが考えられた。

山本長官一行がブイン方面を視察することは、関係方面の現地軍に暗号で打電連絡されている。それらは、むろん機密度の高い暗号が使われたが、なんらかの方法でそれが解読されていれば、当然アメリカ側は、その飛行予定コースに有力な戦闘機を放つにちがいなかった。しかも、山本長官は、時間を正確に守る性格であるということが知られていて、奇襲をおこなう側からは、その美点が有利な条件になるはずであった。

中央では、種々検討を重ねた末、機密度の高い暗号を解読されたおそれはないと判断したが、ブイン、ラバウルを中心とした現地軍に対して機密のもれた可能性がなかったか否かを調査するよう指令した。

現地軍では、長官一行の行動をしめした暗号電報が、敵側に解読されたことはあり得ぬという結果を下した。それは、暗号に使う乱数表が四月一日に新しいものに変更されたばかりで、わずか半月ほどでそれを解く方法を敵側が入手したとは考えられないからであった。

さらに、南東方面艦隊司令部では、長官機が撃墜された翌日のアメリカのラジオ放送で流されたニュースの内容から考えても、暗号がもれたという疑いはないと判断した。それは、サンフランシスコ放送のニュースで、アメリカ海軍省発表として、

「アメリカ陸軍戦闘機隊ハ、ブイン北部デ日本爆撃機二機、零戦（ゼロファイター）六機ト空戦、爆撃機二機、零戦二機ヲ撃墜セシメタリ。ワガ方ハ、一機ヲ喪失セリ」

という内容であった。

もしも二機の爆撃機（一式陸上攻撃機）が山本長官、宇垣参謀長らの乗ったものであることを知っていたなら、特別ニュースとして発表するはずで、それはアメリカの前線兵士、国民を狂喜させ、戦意をたかめるにちがいなかった。

そうした重大な奇襲を、きわめて簡単に放送したことは、暗号電報が解読された疑いを拭い去るものと考えられた。

現地軍では、長官一行が攻撃されたのは偶然のことであるとしたが、念のため一つの試みを実行してみることになった。

それは、長官機、参謀長機が視察したのと同じ方法で南東方面艦隊司令長官草鹿任一中将が前線視察をおこなうように装った連絡を各方面に発してみようとしたのだ。

計画は司令部で練られ、視察地はガダルカナル島に近い前線基地ニュージョージア島のムンダと定められた。

司令部では、ムンダ基地等に対し、山本長官の視察した時と同じ暗号で、

「南東方面艦隊司令長官ガ、ムンダ基地ヲ視察ス」

という趣旨の偽電を、日時も添えて打電した。

その暗号電報がアメリカ側で解読されれば、アメリカ戦闘機隊は草鹿長官の乗っ

た飛行機を待ち伏せして撃墜することを企てるはずであった。

準備はととのえられ、実行日である四月三十日を迎えた。

草鹿長官が乗っているように装った機には、陸軍から借用していた高速を誇る一〇〇式司令部偵察機がえらばれ、それを護衛する戦闘機は、柳谷飛行兵長の属する二〇四空を主力とした百機近い零式戦闘機であった。

戦闘機の乗員たちは、アメリカ戦闘機が襲ってきたら、全機を撃墜させるという決意で離陸した。

戦闘機群は、司令部偵察機を護衛して南東に進み、ムンダ基地附近に達した。が、敵の機影はみえず、ムンダに近いルッセル島の敵飛行場に赴いた。そこでも高射砲弾が散発的に放たれただけで、敵機の姿を見ることはできなかった。

戦闘機の群れは、司令部偵察機とともにラバウルに引返した。

敵機が姿を現わさなかったことによって、南東方面艦隊司令部は、やはり山本長官がブイン方面を視察する折に関係各地に打電した暗号の電報は解読されなかったという結論に達した。

司令部では、これらの事実を検討し、中央に対して「暗号電報による機密漏洩の如何なる徴候も認められない」という趣旨の報告をおこない、さらに司令部暗号長の「技術的にみて被解読の虞《おそ》れは絶無である」という意見も添えた。

このように、日本海軍は、暗号が解読されたことはないと判断していたが、戦後アメリカ側の関係者の回想によって、暗号の解読による待ち伏せ攻撃であることがあきらかにされている。

山本長官のブイン方面視察に関連して発信されたいくつかの連絡電報のうち、どれが解読されたのかはあきらかにされていないが、少なくとも四月十八日午前八時少し前に長官機がブインに接近することを電文解読によって察知し、長官機を襲う計画を立てたのである。

襲撃命令は、四月十七日の午後、ガダルカナル島ヘンダーソン基地のアメリカ航空隊（司令官マーク・ミッチャー少将）に伝えられた。同基地では、指揮者にジョン・ミッチェル少佐を選び、翌十八日、指令通りに同基地を出発した。

Ｐ38型戦闘機は、日本側の監視網にかかることを避けるため、低空で目的地に進み、予定時刻にブイン北方に達し、零式戦闘機六機に護衛されて飛んでくる一式陸上攻撃機二機を発見したのである。

アメリカ戦闘機隊員たちは、零式戦闘機との空戦を極力避け、ひたすら山本長官の乗る飛行機の撃墜に総力をあげた。そのため、日本の護衛戦闘機が突き進んでくると、高速を利して退避し、日本の戦闘機がP38を追う間に他の機が長官機と参謀長機を攻撃するという戦法をとり、それが著しい効果をあげたのである。

アメリカ側にとって、予期通りの成功であったが、それが暗号解読によるものであることを日本側にさとられたくはなかった。もしも、そのような作業のおこなわれたことが気づかれてしまえば、日本側は、すぐに暗号を新しいものに変えてしまう。アメリカ側は、日本海軍が同じ暗号を使いつづけることをのぞみ、それによってすべての動きを知ろうとしたのだ。

山本長官機を撃墜したことを知りながら、ラジオ放送のニュースで単に「爆撃機二機撃墜」と発表したのは、日本側に警戒心を起させぬための処置であり、草鹿長官の前線視察に関する行動予定について察知しながら攻撃をおこなわなかったのも、暗号の解読成功を知られたくなかったからであった。

山本長官の遺骨は、トラックを発した「武蔵」によって五月二十一日東京に運ばれた。それまで厳秘にされていた山本の死は、その日午後三時、大本営から左のように発表された。

「大本営発表
聯合艦隊司令長官海軍大将山本五十六ハ本年四月前線ニ於テ全般作戦指導中敵

ト交戦　飛行機上ニテ壮烈ナル戦死ヲ遂ゲタリ　後任ニハ海軍大将古賀峯一親補セラレ　既《すで》ニ聯合艦隊ノ指揮ヲ執《と》リツツアリ」

また、同時に内閣情報局は、

「天皇陛下ニ於カセラレテハ　聯合艦隊司令長官ノ多年ノ偉功ヲ嘉《よみ》セラレ

大勲位功一級ニ叙セラレ

元帥府ニ列セラレ特ニ元帥ノ称号ヲ賜《たま》ヒ正三位ニ叙セラレ

薨去《こうきょ》ニ付特ニ国葬ヲ賜フ旨仰出サル」

と、発表した。

それは、ラバウル基地にもつたえられ、隊員は、予想はしていたもののあらためて山本の死に大きな衝撃をうけた。

長官機の護衛にあたった六名の者たちの間に、悲壮な空気がひろがった。かれらには責められる要因は少しもなかったが、連合艦隊司令長官の死が、かれらに大きな重圧としてのしかかった。

かれらは、連日のように出撃に参加した。眼前で長官機の撃墜される光景をみたかれらは敵機と交戦して一機でも多く撃墜し、長官の後を追って死ぬことを願うような空気が濃くひろがっていた。

柳谷は、五月一日付で二等飛行兵曹に進級し、激しい空戦に加わっていた。かれの眼にも切迫した光がやどり、頰はこけた。

四

六名の者たちの戦いは、つづけられた。

六月六日、二〇四空の零式戦闘機三六機は、宮野善治郎大尉指揮のもとにブインに集結した。

その頃、ガダルカナル方面のルッセル島飛行場は日増しに強化され、大きな脅威になっていたので、同飛行場を潰滅《かいめつ》させ、ガダルカナル方面のアメリカ航空戦力に打撃をあたえる作戦がたてられた。その方法としては、零式戦闘機の一部に六〇キロ焼夷弾二基を搭載させ、直掩機とともに飛行場を攻撃することになった。

爆弾を搭載する爆装戦闘機の中には、長官機護衛の任に当った日高義巳上等飛行兵曹、岡崎靖一等飛行兵曹、柳谷二等飛行兵曹もまじっていた。また直掩戦闘機は森崎武中尉が指揮することになった。

ブカ、バラレ両基地から作戦に参加する機もあって、約百機の零式戦闘機がガダルカナル方面に出撃した。

二〇四空の爆装戦闘機一二機は、四機編隊で高度八千メートルを保ち、戦闘機の直掩をうけて攻撃地点に向った。その間、F4F八機と交戦、さらに飛行場上空に待つF4U八機、P38、P39、P40約三〇機と激しい空戦を展開した。

爆装の戦闘機は、飛行場上空に達すると、それぞれ八千メートルの高度から六千メートルに急降下して投弾を開始した。柳谷機も、それに従って焼夷弾を投下、機を引起しにかかった時、後方からグラマンF4F二機が急迫しているのに気づいた。そして、次の瞬間、かれは、操縦桿をにぎる右手の甲に、強打されたようなしびれを感じた。

銃弾がその部分に命中していて、手の甲が操縦桿の頂きと共に四散し、わずかに破れた飛行手袋の中から小指が垂れているだけだった。また、弾丸は右足をも貫いていた。

かれは、左手で操縦桿をにぎり直し、反転した。F4Fは、追ってこなかった。

かれは、機を立て直すとニュージョージア島のムンダ基地に機首を向けた。ムンダまでは三〇分ほどの距離であった。

急に痛みが激しくなり、堪《た》えがたいものになった。血も噴出して、靴の中は血でみちた。出血に意識もかすみ、かれは掛声をあげて自らをはげました。

ようやくムンダ飛行場に近づいたが、右手が使えぬのでフラップも脚も出せない。海方向からエンジンをしぼって降下してみたが着陸に失敗し、二度目に滑走路の端で辛うじて機をとめることができた。

かれは、基地の者に機からひっぱり出され、トラックで陸戦隊の根拠地にはこばれた。そこで軍医の診察をうけたが、軍医は破傷風にかかっているので、すぐに手術をしなければ助からぬと言い、手術の準備をはじめた。

麻酔薬はなく、柳谷二飛曹は口に脱脂綿を詰めこまれ、男たちに手足を抑えられて手術を受けた。かれの右手は、手首の付け根から切り落された。

その後、かれは他の負傷者等とともに舟艇に乗せられて島づたいに北上した。昼間は、敵の飛行機、潜水艦などの攻撃をうけるので島かげにかくれ、夜になって海上を進んだ。

かれは、身動きもできず食物もほとんど口にできなかった。切断部分が化膿して蛆がわき、蠅がしきりにたかったが、それを手ではらう力もなかった。かれがようやくラバウルについたのは一週間後の六月十四日で、ただちに海軍病院に収容された。

かれはその時になって、六月七日のルッセル島攻撃で、長官機の護衛で行動を共にした日高義巳上飛曹、岡崎靖一飛曹が戦死したことを知った。かれらも柳谷と同じように爆弾を搭載していたので自由な行動力を失って敵機の攻撃を受け、被弾、撃墜されたのである。また、同じように爆装機に乗った山根亀治二飛曹も未帰還であった。敵にあたえた損害は一三機撃墜であった。

柳谷が病院に収容された翌々日の六月十六日、かなりの規模の出撃があった。その日早朝、艦隊司令部は、偵察機の報告によってルンガ沖に強力な航空兵力によって護衛されている敵の輸送船二八隻が在泊していることを知った。司令部では、味方の航空兵力が十分ではないことを知っていたが、敵の行動を封じるために先制攻撃をおこなう必要があると判断し、敵船団と航空兵力の撃滅を企て、出撃を命じたのである。

総兵力は零式戦闘機七〇機、艦爆二四機で、二〇四空では、宮野大尉を指揮官に二四機の零式戦闘機が参加した。

目的地の上空には、P38、P39、P40、F4F、F4Uなど約百機が待っていて、たちまち激しい空戦が展開された。その間、艦爆は艦船を襲い、大型輸送船四、中型輸送船三、駆逐艦一に爆弾を命中させた。

空戦の結果は、敵機撃墜三四機で、そのうち二〇四空は一四機（F4F七、P39六、F4U一）を撃墜した。二〇四空の被害は大きく、未帰還機は分隊長宮野善治郎大尉、森崎武中尉、神田佐治二飛曹、田村和二飛曹の四機で、中村佳雄二飛曹が重傷、坂野隆雄二飛曹が軽傷を負った。宮野大尉機は、戦闘を終えて帰途についたが、途中で翼をふって合図をし反転し引返していった。かれは、予備学生出身の森崎中尉を深く信頼し、森崎機の姿が見えないので、それを気づかって引返したらしく、そのまま基地にもどってこなかったのである。

森崎中尉の戦死によって、長官機護衛の戦闘機に乗った六名のうち半数が戦死したのである。また宮野大尉、森崎中尉の戦死によって、二〇四空は指揮官を失った。

柳谷二飛曹は、特設病院船「氷川《ひかわ》丸」でトラックに送られ、さらに病院船「朝日丸」で七月二日に呉についた。

その後かれは霞《かすみ》ヶ浦《うら》病院で治療をうけ、義手をつけて練習航空隊の教官になり、山形県神町《じんまち》で終戦を迎えた。

他の長官機護衛の任にあたった二名の者も、終戦までに戦死している。

辻野上豊光上等飛行兵曹は、七月一日レンドバ島在泊の敵船団攻撃に艦爆の直掩機として参加した。指揮者は渡辺秀夫上飛曹で、敵機撃墜一一機、不確実二機の戦果をあげたが、その戦闘で辻野上上飛曹も未帰還になったのである。

杉田庄一一等飛行兵曹は、二〇四空がラバウルを引揚げた後も生きつづけていた。かれは卓越した戦闘機乗りで、単独撃墜七四機、協同撃墜をふくめると九六機という驚くべき記録を残していた。

かれは、昭和二十年四月には鹿屋《かのや》基地で紫電に乗っていたが、四月中旬、敵機の来襲で離陸した直後、銃撃をうけて海上に落ちた。瀕死《ひんし》の重傷を負ったかれは、漁船に救けられたが、基地に運ばれる途中絶命した。遺体は焼骨されたが、遺族のもとにおくられた骨箱には骨はなかった。

山本連合艦隊司令長官の乗った一式陸上攻撃機を護衛した六機の戦闘機の操縦者は、柳谷上等飛行兵曹（終戦時）一人をのぞいて全員が戦死したのである。

「終戦後、これほど長くあの時の話をしたのは初めてですよ」

柳谷氏は、飛行記録を克明に記したノートを閉じながら言った。

「長官機を護衛した話は、余りなさらないのですか」

私も、取材ノートを鞄《かばん》におさめながらたずねた。

「昭和四十年頃までは黙っていました。余り名誉なことでもないし、自分からすすんで表面に出るのもいやですから……」

氏は、笑った。

氏の御子息は医科大学に在学していて、その日、成人を迎えたという。

「お祝いをしてやろうと思っているのですが、肝腎の本人が帰ってこないんですから……」

氏は、また笑った。

私は、氏の家を辞した。外まで送りに出た氏は、振返って頭をさげる私に左手をふった。

路上には、暮色が濃くなっていた。

八人の戦犯

一

小説を書く折に、その背景を知るため資料集めをすることがあるが、それらの資料に眼を通しているうちに、思いがけぬ事実があったことを知って驚くことがある。

昨年の初夏に、私はBC級戦犯に問われた一人の青年（元陸軍中尉）を主人公にした小説を書いた。九州地区で撃墜されたB29のアメリカ搭乗員を斬首によって処刑した、いわゆる福岡の油山事件と呼ばれた事件があって、その処刑に参加した元青年将校たちの回想をもとに一人の人物を創り上げ、かれの戦後を書いたのである。

BC級戦犯とはなにかを知るため資料集めをしたのだが、それらの資料の中の或る記述に、私は眼をとめた。その資料は公文書と言うべきもので、その記述にみられるような事実があったことを私は知らず、おそらくごく一部の関係者しか知らぬはずであった。

一般に、戦争犯罪人は日本占領を果した連合国軍によって摘発《てきはつ》され、裁かれ、その判決によって或る者は死刑の執行をうけ、或る者は拘置されたと考えられている。しかし、私の眼にした記述には、日本陸軍の軍法会議によって判決を下され、連合国軍に引渡された八名の人がいたことが明記されていた。

その事情は、次のような経過によるものであった。

日本は、昭和二十年八月十四日午後十一時、連合国側にポツダム宣言の受諾を発電し、翌十五日正午の天皇の放送によってそれが日本国民にも伝えられた。その宣言の第十項に、

吾等《われら》ハ日本人ヲ民族トシテ奴隷化セントシ、又ハ国民トシテ滅亡セシメントスルノ意図ヲ有スルモノニ非《あら》ザルモ、吾等ノ俘虜《ふりょ》ヲ虐待セルモノヲ含ム一切ノ戦争犯罪人ニ対シテハ厳重ナル処罰ヲ加ヘラルベシ

とある。

このポツダム宣言を受諾する折、軍部は政府に対して一つの提案をおこなった。

ポツダム宣言の中には、戦争犯罪人の処罰が連合国側でおこなわれるのか、それとも日本側でおこなうのか、記されていない。それならば、日本側でおこなうのが好都合《つごう》だという意見であった。

その提案は、ポツダム宣言受諾の折の附帯条件にはされなかったが、敗戦後の八月二十三日に設けられた終戦処理会議で再び論議の対象になった。

会議では、日本側で戦争犯罪人を定め、自主的な裁判をおこない、その結果を連合国側に伝えようということに意見が一致し、決議として政府に報告された。日本政府は九月十二日の臨時閣議で終戦処理会議の決議をそのまま受け入れ、その日の午後、東久邇《ひがしくに》首相が参内《さんだい》して上奏した。

しかし、天皇は不賛成で再考をうながしたため、首相は閣僚と協議をかさねた末、外相、法相をともなって再び参内、日本側で裁判をおこなえば公正な処罰結果を得られると詳細に説明し、ようやく同意を得ることができた。

政府は、連合国軍総司令部に、戦争犯罪人を日本側でまず処分したいと申出た。これに対して総司令部は確答を避けたが、すでに前日の九月十一日から東条英機元首相らA級戦争犯罪人の総司令部による逮捕がはじまっていたので、その申し入れは事実上、立ち消えになった。

しかし、その間にも、日本政府の決定にもとづいて、八名の者が軍法会議にかけられ、判決を下されていた。そして、それらの人々の氏名、裁判結果が連合国軍側に報告されたのである。

私の手にした資料には、それらの人たちの氏名、罪状等が表のように列記されている。氏名を伏せ、アルファベットとする。

これら八名は、旧陸軍の軍法会議の判決にもとづいて投獄されたが、連合国側は日本側からの報告にもとづいてかれらを再逮捕という形で拘禁《こうきん》した。そして、日本側の判決とは無関係に、戦争裁判に附した。その判決は、日本側の判決よりはるかに重いもので、A氏……重労働三十年、B、C氏……終身刑、他の、D、E、F、G、Hの五名はすべて死刑で、昭和二十二年一月二日にD、E、F氏が、一月二十五日にG氏が、四月三日にH氏が、それぞれ絞首による執行を受けたのである。

その後、連合国軍総司令部は、昭和二十一年三月に、

ポツダム宣言ニ基ヅキ、日本ノ裁判所ハ日本人戦争犯罪人ヲ裁判シ得ナイ

旨《むね》の指示をし、日本側の軍法会議の裁判は、これら八名だけにかぎられて終った

のである。

八名だけ、という表現を使ったが、連合国軍側の戦争裁判にかけられた人たちの数と比較すると、八名という数字はその極《ご》く一部であることが知れる。

ＢＣ級戦争犯罪裁判にかけられて有罪の判決をくだされた者は、四千三百五十三名にも達し、その中で実際に死刑の執行をうけた者九百二十名、終身刑三百三十四名、有期刑三千九十九名にも及ぶ。日本側は、この八名のみを戦争犯罪人として連合国軍側に引渡すことで、ＢＣ級戦犯問題を解決させようとした節があるが、それら八名の人たちはどのような戦争犯罪行為をおかし、日本の軍法会議にかけられたのか。

もしそれらの人が軍法会議にかけられなかったら連合国軍側に戦時中の行為を気づかれずにすんだかも知れない。死刑の宣告をうけた五名の人たちは、旧日本陸軍の処置を恨《うら》みながら死んでいったにちがいない。

私は、日本側がわずか八名だけを戦争犯罪人とした裏に、なにか特殊な事情がひそんでいたのではなかっただろうか、と思った。日本側で独自の裁判をおこなうことは公正な裁判が期待できるからだ、とされていたが、果してそれだけが理由のすべてであったのか。

私は、軍法会議にかけられた人たちに会い、実情をきいてみたい、と思った。むろん、八名中、五名は実際に死刑の執行をうけてこの世になく、証言を得られるのは、A、B、C三氏のみであった。

その三氏のうち、まず軍法会議で殺人罪で懲役十三年、連合国軍の戦争裁判で終身刑を宣告されたC氏に会いたい、と思った。戦争犯罪人として巣鴨プリズンに服役した人たちは、その後の国際情勢の変化でいずれも減刑され、終身刑の人でも昭和三十年前後までには仮釈放されているのである。

私は、巣鴨プリズンに収容された人々によって組織されている巣鴨会発行の名簿を繰ってみた。

会員の中にC氏の名はなく、末尾の（死亡者）欄に、その名がみられ、遺族である妻の名が記され、C氏の証言を得られないことを知った。

残るのはA、Bの両氏だけであった。両氏の軍法会議はいずれも台湾軍臨時軍法会議で、判決日も罪名も一致しており、同じ事件の関係者にちがいないと推測した。そのため、A氏に会えば、B氏の戦時中の行為も自然にわかるはずだ、と思った。

巣鴨会名簿に、両氏の名はあった。

本誌の編集者N氏に、A氏が今でもその名簿に記された一流会社に勤務している

官	氏名	軍法会議	判決確定年月日	罪名	刑名刑期
陸軍少佐	A	台湾軍臨時軍法会議	昭和二〇・一一・五	職権濫用	禁錮一〇月
陸軍大尉	B	〃	〃	〃	〃　一一月
〃	C	第三八軍臨時軍法会議	昭和二〇・九・一一	殺人	懲役一三年
陸軍主計少尉	D	〃	〃	殺人 死体遺棄	〃　一五年
〃	E	〃	〃	殺人	〃　八年
陸軍憲兵曹長	F	〃	〃	殺人幇助	〃　三年
海軍機関兵曹長	G	第一一根拠地隊 臨時軍法会議	昭和二〇・九・一四	殺人	〃　七年
陸軍憲兵軍曹	H	第二軍臨時軍法会議	昭和二一・三・二七	殺人、掠奪 贓物収受、 党与逃亡 幇助、窃盗、 軍用物損壊	終身

かどうかを調べてもらった。三十分もたたぬ間にN氏から電話があった。電話番号は変更になっていたが、A氏が今でもその会社に勤務中であることを教えてくれた。

私は、電話のダイヤルをまわした。女性交換手が出て、男の声に代った。きわめておだやかな初老の人の声であった。

私は電話をかけた趣旨を告げ、もしもおさしつかえなければその折の事情をおきかせいただき、雑誌に発表したい、と言った。

A氏は、ためらっているらしく、

「私の体験などが参考になりますでしょうか」

と繰返し言った。

「実名をお出しする気持はありません。そのような事実があったことを書かせていただきたいだけなのですから……」

私が言うと、A氏は気持が少しやわらいだらしく、

「それでは、お会いするだけお会いしましょう」

と答え、会う日時を指定した。

約束の日、私は、オフィス街に建つ氏の会社に赴いた。

受付で待っていると、長身の人が近づいてきた。名刺には、すでに定年を迎え、

その後、社務についているらしく嘱託《しょくたく》という肩書きが印刷されていた。

私は、あらかじめ話をきくための場所を用意していて、その建物の一室に氏を案内した。

氏は慎重な方で、自分の過去が私の関心をひかぬのではないか、としきりに気づかいながらも当時の事情の概要を話しはじめた。私には興味深い話で、持参したテープレコーダーをまわしたかったが、A氏は、

「一応お話をするだけですから……」

と言い、私は、録音することを控えた。

私が重ねて証言をテープにおさめさせて欲しいと頼んだが、A氏は、依然として自分の体験が活字になることにためらいを感じているらしく、

「少し考えてみます」

とおだやかな声で言った。そして、別れる折に三日後に会社に電話を欲しいと言い、建物から出て行った。

私は氏にこれ以上頼むことは差控えるべきだと思った。氏は社会人として日を過し、いまわしい過去のことにふれられたくはないのだろう。重ねて頼めば、氏は私の乞いに応じそうには思えたが、氏の心情を察して遠慮すべきだと、思った。私は、

本誌のN氏に事情を話し、氏から話をきくことは諦めた、と伝えた。

しかし、氏との約束もあるので、三日後に電話をすると、氏は、話す気になったから自宅に御足労だが来て下さい、と言った。テープをとらせていただけますか、とたずねると、氏は、どうぞ、と答えた。

約束の日、私は、氏の家に赴《おもむ》いた。数寄屋作りの家で、夫人が茶道の教授をしている関係で久しぶりに助炭《じよたん》が炉の上にのせられているのも眼にした。夫人の出してくれた茶は、良い香りであった。

氏は、おだやかな口調で話しはじめた。

二

A氏は、大正四年三月三日生れで、山陰の中等学校をへて、旧制高商を卒業、大手のセメント会社に入社した。

翌年、徴兵検査に合格、甲種幹部候補生をへて見習士官となる。

その頃、全国各地の連隊の成績優秀の者一名ずつが専門教育を受けることになり、A氏はえらばれて千葉の砲兵連隊で通信教育を受けた。教育は五カ月間で終了、元の連隊に復し、隊員に修得した通信の知識を教えた。

昭和十三年七月、陸軍省の命令で単身上京し、陸軍中野学校の第一期生になった。集ってきたのは、係累が少く、健全な体格、忍耐力に恵まれた成績優秀な者たちで、二十名であったが、一名は身を退き、一名は罹病《りびょう》して、十八名が残された。

本部は、東京九段の愛国婦人会本部の建物の内部にあって、生徒たちは特殊な教育を受けた。

陸軍中野学校は、秘密戦に必要な者をひそかに養成することを目的にした機関で、情報蒐集《しゅうしゅう》、破壊活動等の方法が伝授され誠実を基本精神とし、その任務の性格上、軍人としての名誉は縁のないものとされていた。

A氏たち十八名の生徒は、陸軍通信学校で通信方法を学び、自動車学校では車、オートバイの操縦に習熟した。また航空士官学校では、同乗飛行が出来るまでの教育も受けた。

陸軍大学校、参謀本部から主要な人物が来て、外国事情その他を伝え、その間に、英語、ロシア語の授業もあった。

むろん、その間に秘密戦に必要な知識が授けられ、鍵をドライバーや針金であける方法、封緘《ふうかん》した書類袋を開ける仕方、特殊インキを使用する通信法などが実地で教えられ、甲賀流忍術家の講義と実習をもうけたりした。それらの教育によって、情報蒐集、テロ、各種施設の破壊、変装方法などが教えられた。

期間は一年間で、最後の一カ月は実習ということになり、満州に渡った。そして、ハルビンの近くで特殊な工夫をこらした缶詰爆弾などによる爆破訓練をおこない、奉天《ほうてん》で解散になった。

A氏は、中国語を修得していたが、スペイン語を勉強したい望みもいだいていた。そうしたことから、参謀本部第二部欧米課に配属された。昭和十四年七月である。欧米課は欧米諸国の情報関係を担当していたが、翌十五年八月六日、中尉に任官していた氏は、日本郵船の「楽洋丸」で横浜を出発した。行先はコロンビア国の首都ボゴタで、中南米情勢の調査が目的であった。

その頃、日米関係は悪化し、年が明けると一層険悪なものになった。

十二月八日の開戦日、氏はボゴタの闘牛場の観客席にいた。やがて闘牛が終ったので車で繁華街に出ると、大きな看板がかかげられていて、日本空軍がハワイを急襲、アメリカ艦隊に大損害をあたえたことが書かれ、開戦を知った。

A氏の容貌で日本人と知った通行人たちが集ってきて、アメリカをこの機会にこらしめてくれ、と言い、

「ビーバ、ハポン（日本万歳）」

と、口々に叫んだ。

鉱山、交通その他をアメリカ資本に独占されているコロンビアの国民の中には、アメリカに悪感情をいだいている者が多かった。旧コロンビア領であったパナマ運河を、アメリカの支援で独立させたパナマ共和国に奪われたことも、しこりとなって残っていたのだ。

氏はボゴタにいた少数の商社員たちとともに日本公使館に行き、館員たちと今後のことについて協議した。将来も中立を守ると予想されるチリ、アルゼンチンに行こうという意見もあったが、船を使えばすべてアメリカ船で、抑留されることはあきらかであり、そのままボゴタにとどまることになった。コロンビア政府は友好的で、首都内の自由行動を許してくれた。

その後、日米間で抑留者を交換する話がまとまり、A氏は、昭和十七年四月に中南米諸国にとどまっていた外務省関係者、商社員らと、船でパナマ運河をへてアメリカのニューオーリンズに上陸、列車でシンシナチのギブソンホテルに収容された。さらに北米滞在者とも合流して、ノースカロライナ州アシュビルのグローブパークインホテルに移され、六月十一日、ニューヨークでスウェーデン船グリプスホルム号に乗った。

そこでハワイ領事館員らを待ち、一週間後に出港、ブラジルのリオデジャネイロに入港した。そこには、ブラジルに滞在していた外交官らが待っていて乗船してきた。その中には、陸軍中野学校で情報・宣伝の教官をしていた陸軍大佐や、学校出身者四名もまじっていたが、互いに出身者らしい素振りはみせなかった。

船は、アフリカ南端を過ぎ、交換指定港にあてられていたポルトガル領ロレンソマルケスに入港した。やがて、駐日アメリカ大使グルーらをのせた浅間丸とイタリア船コンテベルデ号が入港、乗船者は、互いに自国側の船に乗り移った。

A氏はコンテベルデ号に乗り、途中、シンガポールに上陸して激戦地を見学、その後横浜にもどった。

A氏は参謀本部第二部欧米課に復帰したが、南米に赴いている間に、大尉に進級していたことを知った。

かれは、豊富な中南米情勢の知識を活用して情報蒐集等に従事していた。

その頃からアメリカ軍の反攻がはじまり、戦局は急激に悪化した。太平洋上の日本軍守備の島々が陥落し、日米両軍の戦力の差は大きく開くようになっていた。

昭和十九年夏、A氏はフィリピンまたは台湾の司令部のいずれかへの転属を命じられた。氏は、迷うことなく台湾を希望した。高商時代、野球部に属し一塁手をしていた氏は、台湾に遠征し実業団と一カ月ほど試合をしてまわったことがあり、その折の好印象が忘れられなかったのである。

その年の七月、氏は福岡から台湾に飛行機で行き、台湾軍司令部参謀部情報班長として着任した。すでにサイパンもアメリカ軍の手に落ち、ようやく日本本土への来攻も予想されるようになっていた。

A氏は、司令部に傍受班を新設したり、高砂族《たかさご》の青年約六百五十名を集め、将来予想される敵の上陸にそなえて遊撃戦用の高砂部隊を編成する仕事などを指導したりした。

十月三日、司令部に一つの情報がもたらされた。

連合艦隊からの通報で、九月中旬フィリピン東方海面にあったアメリカ機動部隊の大半が、九月二十八日頃サイパンに入港したが、補給の上、十月一日頃、西方に向けて出動した。出撃したことはあきらかで、その攻撃目標は、フィリピン北部、台湾、沖縄のいずれかと推測されるというものだった。

その後、連合艦隊は、アメリカ機動部隊の動きをしきりに探ったが、消息は絶えたままであった。些細な動きから判断して機動部隊が沖縄方面に接近しているのではないかと推定していたが、予測通り十月十日、南西諸島方面に出現し、艦載機多数が、沖縄、奄美《あまみ》大島、沖永良部《おきのえらぶ》、南大東、久米、宮古《みやこ》の各島に来襲した。

台湾軍司令部では厳重警戒にあたっていたが、その夜から翌日の未明にかけて、二機の飛行艇がそれぞれ台湾東方海面に敵機動部隊を電探で探知した。それにつづいて、索敵機《さくてき》が二回にわたって敵艦群を発見、さらに探知、発見があって敵機動部隊の主力が台湾に来攻する公算が大と推定された。

台湾の航空部隊は戦闘態勢を整えていたが、十二日午前六時四十八分から連続的に艦載機延《の べ》千百機が来襲、全島が連続空襲にさらされた。翌十三日にも、延千機が来襲、十四日には中国の成都を基地としたB29も大挙して来攻、艦載機とともに各地を空襲した。

これに対して、陸海軍機は敵機と激しい戦闘を繰返し、機動部隊にも攻撃を加え、かなりの損害をあたえた。

敵機も数多く撃墜したが、それらの機からパラシュート降下し捕えられたアメリカ飛行士も多かった。

かれらは、憲兵隊に収容され、台湾軍司令部に連行されて取調べを受けた。取調べを担当したのはA氏の班と、後にA氏と同じように戦争犯罪人として軍法会議にかけられたB大尉の班であった。

A氏の部下には、陸軍中野学校六期生の少尉と、東京商科大学を卒業しニューヨークに商社マンとして滞在していたこともある上等兵がいた。

捕われた搭乗員が司令部に送りこまれてきて、情報班で訊問がおこなわれた。海軍側からもアメリカ機動部隊の兵力を知るため、大尉が立合うこともあった。

A氏は、俘虜《ふりよ》に対して階級、姓名、出身地等を問うてから、

「お前の祖国に対する任務は終った。お前は日本軍の手に落ちたのだから、吾々に協力して真実を答えて欲しい。その協力度によってお前の処遇もきまる」

と告げ、機動部隊についての質問をおこなった。

機動部隊の編成、兵力、行動等多岐にわたったが、かれらは素直に答えた。俘虜の中で最も階級が上のアメリカ海軍大尉は、乗っていた空母はワスプだと答え、搭載機数も口にした。訊問は一人ずつおこなわれたが、かれらの答は一致していた。

司令部が最も関心をいだいていたのは、その機動部隊が兵力の上陸を目的としていて輸送船団を伴っているのではないかということだったが、俘虜たちは一様にその事実を否定したので、疑いは消えた。

A氏の部屋に、少年の面影が残っている二十歳ほどの俘虜が連れられてきた。か

れは艦載機に乗っていたが撃墜され、パラシュートで降下したのだ。まず階級、姓名、出身地が問われた。かれはオハイオ州オマタ出身のワラセック海軍少尉だ、と答えた。

乗っていた空母の名を問うと、

「答える義務はない」

と、顔をこわばらせて言った。

言え、答えぬという言葉が繰返され、A氏は、

「言わぬと言うなら、どうしても言わせるぞ」

と、告げ、部下の少尉にワラセックの指の間に鉛筆をさしこみ、強くにぎらせた。

ワラセックは悲鳴をあげたが、空母名を答えず、さらにペン軸をさしこんでみたが結果は同じであった。そのためワラセックを床に坐らせ、モップの柄を腿とふくらはぎの間にさしこみ、その両端を部下に強くふませた。それでも屈する気配がないので、拳銃のベルトで頰をたたかせたが、ワラセックは悲しげな声をあげるだけであった。

A氏は困惑したが、ふとみると部下の上等兵が煙草の火をワラセックの首筋に押しつけていた。上等兵は開戦時に商社員としてニューヨークにいて抑留されたが、

アメリカ側の扱いは苛酷で、その折に虐待された憤りがふきあげたようだった。

ワラセックは泣き出し、言います、言いますと訴えた。

あらためて空母名は？　と問うと、ワラセックはワスプと答えた。

「なんだ、ワスプか。お前より階級が上の大尉が、乗っていた空母をワスプと言っていた。素直に答えればこんなことをせずにすんだのだ」

A氏は、苦笑した。

やがて俘虜たち全員の訊問は終り、ワラセックをふくめた俘虜の士官たちが、軍用機で東京に送られた。海軍側がかれらから情報を集めるためで、その後、かれらは神奈川県大船の俘虜収容所に送りこまれた。

残された俘虜搭乗員たちは、台湾軍司令部で法務部員によって構成された軍法会議に附された。米機の銃爆撃で多くの島民が死傷していたので、非戦闘員の生命を奪った国際法に違反した無差別爆撃のかどで、多くの俘虜に死刑の判決が下された。

A大尉は、その処罰に関係せず詳細は知らなかったが、終戦直後、それらの俘虜が処刑され、土中に埋められたことをきいた。

昭和二十年八月十五日、支那派遣軍総司令官岡村寧次大将は、正午の天皇の放送

によって正式に日本がポツダム宣言を受諾したことを知り、翌日には積極的進攻作戦中止、ついで即時戦闘行動停止を命じた。そして、九月九日には、南京で蔣介石《しょうかいせき》総統の代理である中国陸軍総司令何応欽《かおうきん》上将との間で降伏文書に調印した。それは、台湾軍司令部にもつたえられた。

司令部内では命令にしたがって終戦処理をおこなったが、東京から日本軍人に戦争犯罪行為があったならば現地で処分しておくようにという指令をうけた。ポツダム宣言には戦争犯罪人を処罰する旨が記されているが、日本側で裁判をおこなって判決を下し、それを連合国軍側に報告することになったという。

司令部では、終戦直後にアメリカ搭乗員たちを処刑し、死体も埋めたが、これは非戦闘員多数に銃爆撃を加えた国際法違反の行為で、戦争犯罪とは言えぬ、と解した。ただ、俘虜の訊問にあたってA氏と、同じく訊問を担当したB氏の情報班が、俘虜に暴行を加えた事実があるので、戦争犯罪行為に該当すると判断した。A氏もB氏も、俘虜に対する訊問の結果について、回答せぬ俘虜に手荒い行為をしたことを司令部の上層部に報告してあったのである。

司令部内に、法務部将校によって軍法会議が開かれることになった。被告として出廷させられることを伝えられたA氏は、自分の命令で俘虜のアメリカ搭乗員ワラセック少尉に直接暴行を加えた部下の少尉と上等兵の将来を案じた。もしかれらが捕えられれば、戦争犯罪人としてかなり重い処罰を受けるにちがいないと思った。

A氏は、少尉を招くと、

「今後、おれは戦犯に問われるが、決して貴様に難がふりかかるようなことはしない。このまま司令部にいては危険だ。逃げろ、徹底して姿をくらませ」

と、すすめた。

少尉は、それに従って姿を消した。その後、かれは山中にとじこもったりして苦労をかさねたが、台南駐留の部隊に巧みにまぎれこんで、無事に内地に復員した。

上等兵については、その場で復員の処置がとられた。かれは、台北にあった元の勤務先である商社の出張所員になり、一社員として内地に帰ることができた。

A氏とB氏を被告とする軍法会議が、開かれた。規則に従って裁判は進められ、両氏とも俘虜の訊問に際して行き過ぎがあったとされ、職権濫用の罪で、A氏に禁錮十カ月、B氏に十一カ月の判決が言い渡された。

すでに台湾には中国軍が進駐し、在支米軍関係者も姿をみせはじめていたので、軍法会議が型通りおこなわれたことを立証するため、A氏とB氏は法務部内の営倉に投じられた。

その後、戦争犯罪裁判は、連合国軍側がおこなうことになったが、両氏はそのまま獄中生活を送っていた。

戦争犯罪人に対するアメリカ軍の本格的な追及がはじまり、パラシュート降下した俘虜が処刑されたこともあきらかにされ、遺体の発掘もおこなわれた。その事件の関係者として、元司令官以下多くの司令部員が捕えられ投獄された。

昭和二十一年一月下旬、A氏は、戦争犯罪人として捕えられた元司令部員ら十名ほどと手錠をかけられ、米軍の飛行機で上海《シャンハイ》に送られた。上海についたのは夜で、飛行場には自動小銃を手にした米軍兵士が警備にあたっていた。

投獄されたのは上海工部局の拘禁所で、ついで上海華徳路監獄に移された。監獄には、終戦後間もなく中国大陸で逮捕された戦犯容疑者たちが収容されていた。台湾から送られたA氏は、上海の寒気に身をふるわせた。夜も寒さで眠られず、狭い房の中を歩きまわった。

待遇はきわめて悪く、すべてが不衛生だった。一日二回の食事は、古びた飯盒《はんごう》に入れられた高梁飯《コーリヤンめし》で、菜っ葉の漬物が少しのせられているだけであった。

飯盒は洗うことがないらしく、下の方には腐敗したどろどろの高梁飯が残っている。先に入獄していた者たちは、

「菜っ葉は食べてはいけない。蛔虫の卵がいっぱいついている」

と、注意してくれた。

かれらは三カ月も前から獄房に入れられていたが、入浴は一度もなく散髪もされていなかった。

取調べはこれと言ってなかったが、三月に入った頃、獄から出され、検察官の部屋に連れられていった。検察官の前に立つと、ドアがひらいて一人のアメリカの中尉が入ってきた。

「君に拷問《ごうもん》を加えたのは、この男だね」

検察官が、中尉に言った。

A氏は、中尉の顔を見た。ワラセックで、かれは俘虜収容所から出されてアメリカに帰り、中尉に昇進し、A氏の戦争裁判の証人として上海にやってきたのだ。

「そうです、この男です」

ワラセック中尉は、憤りをこらえたような表情で答えた。

検察官の質問に、ワラセックはA氏が二人の部下に命じて自分に拷問を加えたと述べ、

「その部下たちも捕えてあるのでしょうね」

と、たずねた。

「いや、二人とも死んでいる」

検察官は、書類をひるがえしながら言った。

終戦後、台北の司令部内でひらかれた日本側の軍法会議では、A氏がのがした二人の部下のことが問題になった。当然、アメリカ軍は直接の加害者である少尉と上等兵の行方を鋭く追及し、捕えるにちがいなかった。

その点について、A氏は、いかにも事実らしい筋書きをこしらえ上げた。

少尉は、参謀本部の命令で東京からフィリピンに飛行機で向う途中、台北の司令部に立寄った情報将校であることにした。少尉は、俘虜の取調べがおこなわれていることを耳にして、立合わせて欲しいと申し入れ部屋に入り、頑《かたく》なワラセックに苛立《いらだ》って拷問に加わった。その後、飛行機で赴任地であるマニラに向う途中、バシー海峡でアメリカのグラマンに襲われ、戦死した。また、上等兵は、南部の師団に復帰し、レイテに輸送船団で出発したが、かれの乗っていた船がアメリカ潜水艦の雷撃を受けて沈没、かれも戦死した、という内容であった。

このような事情によって二人は戦死したことにし、法務部将校も諒承して軍法会議の記録にも明記されていたのだ。

五月九日、A氏は上海の戦争裁判の法廷に立たされた。裁判長はアメリカ軍大佐で、証人席にはワラセック中尉が着席した。A氏の弁護人は、アメリカ軍の若い中尉であった。

開廷後、宣誓がおこなわれて起訴状が読み上げられ、英文についで和訳したものが通訳によってA氏に伝えられた。

原告　北米合衆国

被告　　A

罪名

日本ガ北米合衆国並ニ聯合国ト交戦中　日本帝国陸軍ノ当時少佐Aハ　一千九百四十四年十月十九日頃台湾台北ニ於《おい》テ戦時法規並ニ慣習等ヲ違反シテ　当時北米合衆国俘虜海軍中尉（当時少尉）EDWIN J. WALASEK に故意又非法的ニ残酷・無道又暴虐ノ悪行ヲ加ヘタル事

罪状項目

日本帝国陸軍ノ当時少佐Aハ一千九百四十四年十月十九日頃　台湾台北ニ於テ北米合衆国人俘虜海軍中尉 EDWIN J. WALASEK ニ手指ノ間ニ鉛筆又ペン

軸ヲ挟《はさ》ミ堅ク握リ又捩《ねじ》リ　モップノ柄又木造ノ物ヲ膝ノ後側ニ挟ミ強制的ニ正坐セシメ　其《そ》ノ上ニ圧力ヲ加ヘ、革ノバンドニテ　顔又頭ヲ猛《はげ》シク打チ、又火ノ附イテアル巻煙草ニテ頭又頸ヲ焼ク等ノ方法ヲ以《もっ》テ故意　非法又残酷ニ拷問ヲ為シタル事

起訴状について検察官の質問がおこなわれ、A氏はそれらの大半は自分の命令によって部下がおこなった行為であり、直接自分は手を下さなかったと述べた。殊《こと》に、煙草の火をつけたのは部下の独断的行為で、命令したものでもない、と強調した。その理由としては、自分は煙草を一切すったことがなく、そのようなことを思いつくはずはない、と述べた。

この点について、証人席のワラセック中尉は、あきらかに命令した、と反論した。

弁護人は弁護について不熱心であったが、

「証人は日本語を知らぬのに、なぜ命令したとわかるのか」

と、ただした。

ワラセック中尉は、

「煙草の火が首に押しつけられた時、被告の部下が、被告に向ってハイッ、ハイッ、

と言っていました。その後、ハイという言葉はＹＥＳであることを知り、被告が命令したことを知りました」

と、答えた。

さらにワラセック中尉は、拷問は残酷で、そのためしばしば失神したと訴えた。

弁護人は、

「証人はひどい虐待をうけたと言っているが、果して事実か？」

と、問うた。

裁判長は、急にきびしい表情をすると、

「ワラセック中尉は、いやしくもアメリカ海軍の士官だ。しかも、中尉は宣誓で神に真実を述べることを誓っている。中尉の言葉に偽りや誇張があるはずはない」

と、きびしい口調で言った。

裁判は、短時間のうちに終了した。その間、傍聴人席には上海在住の多くの欧米人が坐っていて、私語を交していた。Ａ氏は、かれらが戦争裁判の傍聴席で元日本軍軍人被告の量刑について互いに金を賭け合っているという話をきいていたが、事実、かれらの間からは五年とか七年とかささやき合う声がしきりにきこえていた。

翌日、判決の言い渡しがあり、傍聴人席も満員になっていた。Ａ氏は起立し、裁判長の口からハードレイバー・サーティイヤーズ（重労働三十年）という言葉が流れるのをきいた。

Ａ氏は一種の安堵を感じていた。三十年間という量刑は余りにも過酷だが、陸軍中野学校の教育内容を追及されることもなく、また二人の部下を裁きの場に立たさずにすんだことにわずかな慰めを感じていた。

獄内では、二十日前の四月十九日夜、パラシュート降下のアメリカ人俘虜を処刑した罪を問われて獄に投じられていた元台湾軍司令官安藤利吉大将が、服毒自殺していた。また、それを追うように二十四日夜、松尾正三法務少佐も縊死《いし》自殺をとげていた。

尚、Ａ氏と同じく俘虜の訊問の折に拷問をおこなったとされ日本の軍法会議にふされたＢ氏は、米軍法廷で終身刑の判決をうけていた。

監獄内の生活は悲惨だったが、ようやく食事も米軍の携帯食糧があたえられるようになって改善されるようになった。また、看守はインド人が担当していたが、かれらは日本人にきわめて好意的で、ひそかにさまざまな便宜をあたえてくれた。

その年の十月下旬、Ａ氏は飛行機で東京に送られ、巣鴨プリズンに収容された。その後、アメリカの対日政策の緩和によって重労働二十三年に減刑され、昭和三十一年に巣鴨プリズンを出所した。
A氏が、無事に内地へ帰させた二人の部下は、現在、社会人として日を過している
るが、当時少尉であった部下は、自分を救ってくれたA氏への感謝のため、A氏を
家族とともに岐阜県長良川に招待し歓待してくれたという。
「これが、その旅行の時の写真ですよ」
A氏は、おだやかな眼をしてアルバムを繰った。カラー写真には、頑健そうな体
をした小柄な五十歳ぐらいの男が、妻とともにA氏の傍に立っていた。
A氏は、同じように軍法会議にかけられたB氏（元大尉）とも、現在、親交があ
る。
私が、日本側の軍法会議にかけられた日本軍将兵は、全軍の中でA、B両氏をふ
くめてわずか八名だけであったことを口にすると、A氏は、大きな驚きをしめした。
多くの将兵が軍法会議にかけられたと思っていたという。
「なぜ、AさんとBさんを軍法会議にかけたと思いますか」
私は、問うた。
A、B両氏は戦争犯罪人とされたが、その犯罪行為は軽微なものであったといえ
る。答えることをこばんだ俘虜に暴力を加えたが、傷つけるほどのものではなかっ

た。

日本軍将兵の中には、はるかに戦犯に価する行為をおかした者が数多くいる。A、B両氏の属していた台湾軍司令部でも、司令部員が多くのアメリカ飛行士を処刑し、死体を土中に埋めた。その行為にくらべれば、A、B両氏の罪ははるかに軽い。一方にそのような重大な戦犯行為がありながら、台湾軍司令部では、なぜA、B両氏のみを軍法会議に附したのか。

「その点ですが、後で考えてみますと、司令部の上層部では、俘虜を処刑したことをアメリカ軍側にさとられまいとして、私とBさんを軍法会議に附し、米軍に引渡そうとしたんじゃないか、と思いますよ。これは、あくまで推測ですが……」

慎重なA氏は、「あくまで推測ですが」と言ったが、その推測はおそらく的中しているにちがいない。A、B両氏を前面に押し出して、俘虜処刑の事実から米軍の眼をそらさせようとしたのではないだろうか。

三

A氏とB氏の罪状と処罰は以上の通りであったが、C、D、E、F、G、H氏らが摘発された判決理由はなんであったのか。

むろん、それらの人々は死亡しているので直接きくことはできないが、資料によると、次のようなものであった。

C氏……昭和二十年八月二十二日、仏印カンボジヤ・クラチェにおいて、仏人神父一人および仏人四人一人の殺害を命じたといわれる。
D、E、F、G氏……昭和二十年八月二十三日、仏印カンボジヤ・クラチェにおいて、仏人高官三人を殺害したといわれる。
H氏……昭和二十年十一月、セレベス島において、現地人二人、日本人一人を殺害、その他の罪をおかしたといわれる。

この記述によると、事件発生、日時、場所から察して、C、D、E、F、Gの五人は、同一の事件に関係したと思えたが、巣鴨法務委員会編の資料によってそれを確かめることが出来た。

軍法会議に附された八名のうち、五名は連合国側の手で処刑され、三名が絞首刑をまぬがれた。A、B両氏は健在であり、C氏は巣鴨プリズンに収容されたまではわかっているが、その後に、死亡している。

私は、巣鴨プリズンに入所した人たちの名簿を頼りに、C氏の遺族の所在を知り、電話をかけてみた。

電話口にC氏の夫人が出てきた。C氏は、巣鴨プリズンを出所後、死亡していた。

巣鴨法務委員会編の資料には、C氏が獄中から日本政府にあてて提出した上申書がおさめられている。そこには、軍法会議にかけられた激しい憤りが、にじみ出ているが、その内容を要約すると、
一、私ハ、事件ト全ク無関係デアル。
二、私ヲ軍法会議ニ附シ、シカモ殺人罪ノ判決ヲ下シタ背後ニハ、上官ガ責任ヲ回避シヨウトシタ意図ガアッタトシカ考エラレヌ。
三、ソノ後、戦争犯罪人トシテ、私ハフランス軍ノ戦争裁判ニカケラレタガ、ソノ起訴状ニ、日本ノ軍法会議ハ無効ト明記サレテイル（フランス国大統領命令ニヨル）。シカルニ、軍法会議ノ判決ハ、現在デモ有効トサレ、従ッテ、私ハ殺人ノ前科ノアル者トシテ不当ナ扱イヲ受ケテイル。
といったことが記されている。

この点についてC夫人に話すと、家に資料が遺《のこ》されているので送る、と言った。

「事件については私たちにもほとんど話しませんでした。主人は、口数の少い人でした」

夫人は、言った。

やがて、夫人から資料が送られてきた。巣鴨法務委員会編中の上申書とも合わせて、戦犯に問われたC氏と事件の概要を記してみる。

C氏は大正四年、神奈川県に生れ、横浜商業専門学校に学んだ。同校を卒《お》えた後、現役兵として歩兵第二十八連隊に入隊、甲種幹部候補生を命ぜられ、盛岡予備士官学校に入った。

昭和十五年十一月、陸軍少尉に任官、内地勤務をへて南方各地に出征、十九年十月、信第一三〇三部隊の第七中隊長を命ぜられ、二十年二月頃、部隊とともに南部仏印に転進、六月中旬以後クラチェ地区の警備隊長として勤務していた。階級は中尉であった。

終戦の四日前にあたる昭和二十年八月十一日、連合国側の流す海外向けラジオ放送で、日本がポツダム宣言を受諾し、降伏を申し入れたことが放送され、仏印でも聴取された。

……当時、仏領印度支那の情勢は複雑であった。

昭和十五年七月、日本軍は南部仏印に進駐、中部、北部へ進出したが、太平洋戦争勃発後も、依然としてその地はフランス植民地として認められていた。

総督府にはドクー総督以下フランス人官吏が勤務し、フランス人と外人部隊の約二万、現地人七万の計九万名によって構成された仏印軍が各地に配置されていた。ドイツ軍に降伏後のフランスにはビシー政府が誕生し、仏印総督府もビシー政府に属するものとして、日本軍への協調姿勢をとっていた。

しかし、前年の六月、連合軍が北フランスのノルマンディ上陸に成功、ビシー政府が追われた頃から、総督府の態度に変化が生じた。ドクー総督は、連合国側の支持をうけているドゴール臨時政府への服従をしめしはじめたのである。

昭和二十年に入り、日本の敗色が一層濃くなると、総督府は日本軍への反撥を濃くしていった。日本軍は、仏印にドゴール派特殊機関員の空中からの潜入や対日レジスタンス要員の組織、仏印軍の強化や、さらに仏印軍が日本軍を仮想敵とした遊撃戦訓練を繰返し、さらに原住民に対して日本軍への反感をつのらせるような動きをしめしていることを探知していた。

日本軍は、総督の協力を求めたが応ずる気配がなく、将来予想される米軍の上陸進攻作戦にそなえて、仏印軍の存在をきわめて危険なものと判断した。

その結果、仏印軍の解体を決意し、秘密裡に作戦準備を進め、三月九日、各部隊は一斉に行動を起し、小戦闘の末、総督を軟禁し、仏印軍の武装を解除させた。

フランス高級官吏は辞任させたが、日本軍は仏印の平穏を維持させるため、フランス人を「穏かに処遇する」ことを定め、その保護を約束した。

この作戦に並行して、日本政府は仏印地域を植民地から解放させるため独立をうながし、アンナン、カンボジア、ルアンプラバン三国に、独立宣言をおこなわせた。

それは一般民衆に好感をもって迎えられたが、一方では、民衆のベトミンに対する信頼感も根強かった。ベトミンは、ホーチミンを指導者とする共産系国家主義者のグループで、祖国独立を唱え、駐留している日本軍に対しても敵意をいだいていた。

日本軍は、ベトミンを弾圧することは民衆を刺戟すると考え、独立宣言をした三国とベトミンの調和にも動き出していた。

そのような混沌とした時期に、海外放送によって日本の連合国側に対する降伏の申し出でが流されたのである。

その放送は、外地にある陸海軍高級司令部でも聴取され、仏印地区をも統轄する南方軍総司令部は、大本営に対し、

「十一日零時東京英語放送ニ依《よ》リ日本政府ノポツダム最終通牒《つうちよう》受諾ノ用意アル旨聴取セルガソノ真相至急承リ度《たし》」

と、打電した。

これに対して参謀総長は、折返し、

「和平交渉ガ開始セラレタコトハ事実デアルガ、国体ノ護持ト皇土ノ保衛トノ為ニハ全国軍玉砕ストモ断ジテ戈《ほこ》ヲ収ムルコトナキ……」

旨の電報が送られてきた。

そのような情勢の中で、C氏の属する第二十七連隊では、連隊長から、

一、無条件降伏ノラジオ放送ハ、敵側ノデマ宣伝ナリ。作戦準備訓練ニ遺憾ナキヲ期スベシ。

二、将兵ノ志気ヲ高揚シ、団結ノ強化ヲ図ルベシ。

三、民心ヲ把握シ、治安維持ニ万全ヲ期スベシ。

という命令が発せられた。

C氏は、警備隊長としてその命令にしたがい、部下に対して非常態勢のもとにクラチェ地区の警備と治安の確保を強化させることを命じた。そして、歩哨《ほしょう》、斥候《せっこう》、伝令、巡察にあたる者には、兵器特に手榴弾の使用を指示し、もしも治安を乱した者を発見した折には、中隊に連行するよう命じた。

また、C氏は、クラチェ市街の道路と水路に設けられた検問所に兵を増派させ、暴徒の潜入を防ぐことにつとめさせた。さらに、クラチェ市内の要所要所にバリケ

ードを築かせ、治安を確保することも企《くわだ》てた。

しかし、日本降伏の情報は、現地人の間に野火のような早さでひろがり、情勢は険悪化していた。抗日ゲリラの動きが目立ち、日本軍のトラックを襲撃する事件も起きた。また、南部仏印では、ベトミンの動きも活潑化していた。

日本軍の指導で現地人による保安隊が編成されていたが、クラチェの保安隊が寝返りを打ち、日本軍を敵とするという情報も流れ、日本軍を苛立たせた。さまざまな情報と流言が入り乱れ、極度に緊迫した状況であった。

そうした中で、日本軍の使用していた現地人の密偵から、クラチェ南方約三十キロのコンコー村に住むフランス人神父のダヴィドの言動が報告されてきた。

ダヴィド神父は、日本軍にとって危険視されていた人物であった。

ダヴィド神父は、附近の現地人に日本軍に対する反感をつのらせるように積極的な動きをしめしているという情報がしきりだった。かれは、近々のうちに米仏軍が上陸してきて日本軍を全滅させる、と説いていた。日本軍の陣地構築に現地人も協力しているが、上陸してきた米仏軍は、そのような者を殺害するにちがいないと述べ、日本軍が陣地構築の上で必要とする資材の徴集を妨害している、とも伝えられていた。

八月に入った頃には、神父の居住する地区で砲を持つフランス人ゲリラが出没し、日本軍に発砲する事件も起った。それらゲリラは、ダヴィド神父と密接な連絡を保ち、神父宅には武器も隠匿されているとの情報があった。

そのため、八月十日、神父宅を捜索し、小銃一挺《ちょう》、猟銃三挺を発見、押収した。神父はクラチェ地区におかれた憲兵分駐所に引渡されることになったが、C氏の警備任務上の上官である捜索第二連隊長から、神父という身分を考慮して憲兵に引渡さず保護するようにと命令してきた。

そのようないきさつがあったが、終戦後、密偵のもたらした情報は、神父が日本の降伏をしきりに周囲の者たちに告げ、さらに八月十七日頃にはダヴィド神父宅の附近で日本軍トラック二輛を襲った抗日ゲリラを積極的に支援している、ということも伝えてきた。

C氏は、神父を保護するようにという連隊長の命令にしたがって、そのまま静観することにしたが、憲兵分駐所では、神父に分駐所に出頭させ、職権をもって取調べにあたりたいと強く主張した。

そのためC氏は、憲兵分駐所の要求をいれ、憲兵が取調べることに同意した。ただし、神父の処分については、連隊長の指示を仰いだ上で決定するように依頼した。

また、憲兵分駐所から、窃盗容疑でクラチェ刑務所に在監中のヨーロッパ系混血人ジャン・セールが、獄内で排日運動を宣伝して囚人を煽動し、脱獄事故も起させたので取調べたいという連絡があった。

C氏は、上官の指示あるまで処罰しないという条件のもとで取調べをおこなうことに同意した。

C氏は、連隊長から転属命令をうけ、八月二十二日早朝、後任の警備隊長北村正一大尉の着任と同時に、その日の午前九時頃船で転任地のプノンペンに向った。

C氏が部下の唐橋善四上等兵を伴ってメコン河を南下していたその日の夜、クラチェで事件が発生した。憲兵分駐所では、出頭させたダヴィド神父を取調べた結果、治安を乱した者と断定、また刑務所内で囚人を煽動し脱走させたジャン・セールも同様の行為をおかしたとし、処刑することに決定した。そして、両名を刑務所裏の空地に連れて行き、補助憲兵N軍曹がまずダヴィド神父を、ついでジャン・セールをそれぞれ後頭部に拳銃で一発ずつ弾丸を射ちこみ即死させたのである。

C氏が事件を知ったのは転任地に到着した時で、大隊長原田久則少佐から告げられた。

大隊長から事件の調査を命じられたので、C氏は、クラチェに連絡をとり、自分の部下で憲兵分駐所に補助憲兵として勤務させていたN軍曹が、処刑したことを知った。

さらに神父、囚人を処刑した翌八月二十三日夜に、北部仏印から旅行の途中クラチェに宿泊していたフランス人三名も、治安攪乱者として処刑されたことも知った。早くも事件の内容について連合国軍側に通報する者があり、加害者の引渡し要求が出されていた。そのため、事件の関係者の大半は、現地人の巡業劇団や独立軍の工作員と連絡をとり、逃亡の準備をはじめていた。それを知った連合国軍側は、もしも事件関係者を逃亡させた場合には指揮官を厳罰に処する、と印刷したビラを飛行機から撒布した。

事件に関係したN軍曹を部下に持つC氏は困惑し、やむなく事件の責任を自ら買って出ることを決意した。事件は自分が警備隊長の任をとかれ、他の地に移動した後に起ったが、N軍曹が神父と囚人を射殺したのは自分の命令に従ったものであるとしようとしたのである。

その後、師団長に呼ばれ事件の説明を求められたC氏は、N軍曹の行為は自分の命令によるものであると報告した。

九月二日、C氏は拘禁所に収容され、九月十一日、日本の臨時軍法会議にふされた。罪状は、八月二十二日夜、神父と囚人の処刑をN軍曹に命じたことで、師団長に報告した折に記録された聴取書にもとづき、殺人罪として懲役十三年の判決が言い渡された。参謀、法務部将校によって構成された裁判官は、終戦後、不法にも部下に神父と囚人の殺害を命じたC氏を、非常識な愚行をおかした者として非難した。

C氏は、獄舎に投じられた。扱いは冷く、食糧も粗末で、体は痩《や》せ衰えた。

六カ月後の昭和二十一年三月四日、C氏は手錠をかけられてフランス軍側に引渡され、刑務所の独房に投じられた。かれの意志は、ぐらつきはじめた。部下を救いたい気持から罪を負ったが、フランス軍管理の刑務所で苛酷な扱いを受けているうちに、自分の軽率さを悔いるようになった。しかも、フランス軍の戦争裁判では死刑の宣告を受ける者が多く、死に対する恐怖も強くなった。

かれは、フランス軍検察官に、事実を陳述しようと考え、事件発生時に現場にはいなかったこと、N軍曹に殺害を命じた事実はないことなどを申し立てた。そして、N軍曹をはじめ関係者を取調べて欲しいと要求した。

しかし、N軍曹はすでに逃亡していて所在はつかめず、師団長はじめ軍法会議の裁判官は、軍法会議の判決書類にまちがいはないと主張したので、C氏の申し立ては無視された。フランス軍は、日本の軍法会議を無効としながら、軍法会議に提出された C 氏の陳述書を証拠書類として採用したのである。

フランス軍戦争裁判は、氏に対して部下に殺害を命じたかどで、終身刑の判決を言い渡した。

また、神父、囚人の殺害についいで、八月二十三日夜、三名のフランス人を処刑した事件についいては、処刑に参加したD陸軍主計少尉、同E、F陸軍憲兵曹長の三名が日本側の臨時軍法会議で、懲役十五年、八年、三年の判決を受けていた。が、その後、フランス軍側に引渡され、法廷で全員が死刑の判決を受け、翌昭和二十二年一月二日に処刑されたのである。

C氏は、フランス軍管理下の仏印サイゴン刑務所で過し、昭和二十五年六月に日本へ押送され、巣鴨プリズンに収容された。翌二十六年十一月十一日、国際情勢の変化によって、フランス国大統領命令により重労働十五年に減刑された。

C氏は、巣鴨プリズンで無実を訴える上申書を法務省に提出した。その末尾で、氏は、

「……（臨時軍法会議での）日本軍側一件書類は東京地検恩赦課に保管せられて、国内法上殺人犯人として、前途の拘束が予定されている。

従って私のケースに対しては一事不再理の原則も人権擁護法の保護も加えられま

せん。

右御検討の上特別なる善処をお願いする次第である」

と、記している。つまり、C氏は、今後も軍法会議で下された殺人罪の判決が生き、殺人の前科をもつことは堪えがたい、と訴えたのである。

これに対して、法務省のS事務官が、「法律的考察」として回答している。

C氏の上申書によると、まず日本側の軍法会議は無効で、その法廷で下された殺人罪による懲役十三年の刑は無効だ、と主張している。つまり、当時、フランス国大統領の命令で、日本の軍法会議は無効で、あらためてフランス軍法廷で終身刑を受けたものであり、殺人罪が今もって生きているのは不当だ、というのだ。

これについてS事務官は、たとえフランス国大統領の命令があったとしても、日本軍みずからがおこなった裁判権には影響はないと解される、と回答した。

また、S事務官は、C氏が師団長に事実と異なった報告をしたことは軽率だったとして、陸軍将校であり、中隊長であったC氏の報告を師団長が信じたことも当然だと思われる、と判定した。

C氏は、再び審理をおこなってもらい無実を証明したいと申し立てているが、その場合、N軍曹の証言が必要となる。しかし、たとえN軍曹の所在がつかめたとしても、N軍曹が時効の関係で再審裁判に応じるとは思えぬし、もしも外地にいるとすれば、証言を得ることは不可能に近い。

結論として、S事務官は、事件発生以来無実を訴えつづけているC氏に耳をかす者がないことに深く同情しながらも、C氏が部下を救おうとして虚偽の報告をしたことを、日本の軍法会議が、名誉ある日本軍将校の言葉と信じて懲役十三年の刑を言い渡したのは、不当とは言いがたい、と結んでいた。

その後、軍法会議の十三年の刑は、三回の減刑によって五年五月二十四日の刑になり、さらに昭和二十八年三月三日特赦によって、刑は消滅した。

C氏は、昭和二十八年六月五日、巣鴨プリズンを出所し、ようやく自由の身になった。

一般の戦犯は、軍人恩給とは無縁であったが、やがて法の改正で恩給を受けられるようになった。しかし、軍法会議で有罪とされた過去を持つ者は、受給失格者となっている。

その後のC氏について、夫人に電話でお話をうかがった。

C氏は、会社に勤務し、昭和三十二年に夫人と結婚した。大正四年生れのC氏は四十歳を越していた。家庭人となったわけだが、氏は五年後の昭和三十七年三月二十五日に死亡した。

「脳溢血でしてね、急死でした」

夫人は、言った。

無実の罪を負ってしまったことを悔いておられるようでしたか？　とたずねると、余り事件のことは話しませんでした、と夫人は答えた。

「主人は、学生時代に洗礼を受けたクリスチャンでした。神父様を殺すような命令を出すはずはないんですが……」

夫人のつぶやくような声が、流れてきた。

私は、クリスチャン？　と思わず反問した。宗教について、私はほとんど知ることはないが、夫人のつぶやきが私の胸に深くきざみつけられた。

シンデモラッパヲ

一

明治二十七年八月下旬——

岡山県の倉敷駅《くらしき》に、黒煙をはきながら汽車が入ってきた。

山陽鉄道の倉敷駅が設けられたのは、明治二十四年四月二十五日で、それからしばらくの間は、線路ぎわに多くの人々がむしろを敷いて岡蒸気と称された汽車を見物した。米一升が六銭から七銭であったのに、岡山から倉敷までの料金が下等ですら十銭もしたので、一般の人々は容易には乗れず、煙を吐いて走る汽車を見るだけで満足していた。

鉄道が開通してから三年余がたち、ようやく人々の見物さわぎも下火になっていたが、その日、倉敷駅には、数十名の男女が集まって汽車の到着を待っていた。かれらの顔には、汽車を見物する者たちとは異なった神妙な表情がうかび、汽車が停止すると客車の出入口を注視した。

客車の出入口に二人の男が、姿をあらわした。一人は、浅口郡船穂村の村長高見精一郎で、つづいて客車から出てきたのは同村水江の白神《しらがみ》次郎吉であった。

人々は、次郎吉の胸にいだかれた遺骨を眼にすると、深々と頭をさげた。それは、八月一日の清国に対する宣戦布告にさきんじておこなわれた朝鮮の成歓での戦いで戦死した、次郎吉の長男源次郎の遺骨であった。

船穂村では源次郎が、明治維新以後西南の役で戦死した小野利七郎につぐ二番目の戦死者であったが、かれは、特異な意味をもつ戦死者であった。

かれは、広島におかれた第五師団の歩兵第二十一連隊所属の一等卒であった。

日本と清国との関係は、朝鮮をめぐって対立し、東学党の乱をきっかけに清国の朝鮮への出兵に刺戟されて、日本も緊急閣議をひらいて派兵を決議した。

清国軍が朝鮮の牙山《がざん》に上陸した六月八日に、日本陸軍は早くも広島の第五師団に動員令をくだしている。そして、同師団では翌日に一大隊を先発させ、それにつづいて白神源次郎一等卒の属す歩兵第二十一連隊の主力を御用船「仙台丸」で宇品港から仁川《じんせん》にむけて出発させた。

朝鮮政府は、日本に対して清国軍の一掃を要請し、日本軍もそれに応じることになった。

清国軍は、葉《よう》志超将軍指揮のもとに三、五〇〇の兵力をもって京城の南方一〇〇キロの地点にある牙山に堅陣をかまえ、そのうちの二、五〇〇の兵力を成歓に配置させていた。

日本軍は成歓を攻略するため行動を開始し、歩兵第二十一連隊（連隊長竹田秀山中佐）は前衛となって進撃した。その日は、暑熱がすさまじく飲み水も得られなかったので落伍する者が続出した。

さらにその夜、労役にやとっていた人夫たちが苦しい行軍にたえきれず逃亡し、駄馬五四頭も行方不明になった。そのため出発は一日延期され、軍命令を実行できなかった責任を負って第三大隊の大隊長古志正綱少佐が自刃した。

日本軍は、七月二十九日、成歓の前面に展開、左右両翼の二隊にわかれて夜の闇の中を進んだ。第二十一連隊は、右翼隊であった。

午前三時二〇分ごろ連隊の前衛隊が成歓から二キロの地点まで迫った時、突然三〇〇メートル前方の村落から猛射を浴びせかけられ、応戦した。

前衛となっていたのは第十二中隊で、この激戦で中隊長松崎直臣大尉が日清戦役初の戦死者になった。中隊は地形的に不利な立場におかれて苦戦を強いられたが、その後、援軍の到着で辛うじて敵を撃退することに成功した。

その間に左翼隊も、次々に清国軍陣地をおとしいれ、右翼隊の協力も得て午前七時三〇分、成歓の全陣地を占領した。この戦闘で、清国軍は全兵力の五分の一に相当する約五〇〇の死傷者を出し、日本軍は死傷八八の損失をこうむった。

白神源次郎一等卒は、この戦闘で戦死したのだが死の状況が壮烈であったため、かれの名はたちまち戦場一帯にひろまった。

かれは、第九中隊（隊長山田一男大尉）のラッパ卒として戦闘に参加したが、突撃ラッパを吹いている時、敵弾を胸部にうけた。たちまち血が気管にあふれたが、気丈なかれは左手に村田銃をにぎりしめて杖《つえ》とし、右手にラッパをつかんで吹きつづけた。しかし、それもわずかな間のことで、倒れ息絶えたのである。

かれの死は戦場から内地につたえられ、またたく間に全国にひろがった。

日本国民は、アジアの強大国である清国との戦争に大きな不安をいだいていた。しかし、七月二十五日の豊島沖の海戦につぐ成歓、牙山の攻略戦での勝利によって、国民は狂喜した。そして、若い男たちは従軍を願い、一般の人々は軍資を差し出し、戦争を勝利にみちびこうとする気運がいやが上にもたかまっていた。

そうした空気の中につたえられたラッパ卒の壮烈な戦死は、人々に激しい感動をあたえ、それは口から口へとひろがっていった。
かれの名は、単なる戦死者ではなく英雄的存在になっていた。

倉敷駅に出迎えた村人たちは、白神源次郎の死を村の名誉と考え、汽車の到着を長い間待っていたのである。また村長も、村の代表者として傍観していることもできず、広島の合同慰霊祭に源次郎の父次郎吉とともに参席して遺骨を受けとってきたのである。

村長は、出迎えの村民に簡単な挨拶をすると、駅を出た。駅夫たちは、水をみた桶《おけ》を天秤棒《てんびんぼう》でかついで機関車に給水をおこなっていた。

村民たちは、遺骨を抱いた次郎吉をかこむように北の方向へ歩きはじめた。

家並がきれて、両側に水田がひろがった。道は乾き、馬糞が散っている。かれらは、ふき出る汗を手拭《てぬぐい》でふきながら歩きつづけた。

日が西に傾いた頃、高梁川《たかはし》の土手にたどりついた。かれらは、土手をこえると、渡し場で船に乗った。対岸は、かれらの村——船穂村であった。

二

白神の家は、小さなバラック建てであった。

前年の十月十四日、岡山県下は大暴風雨に見舞われ、船穂村では高梁川の土手の決潰《けっかい》によって死者七名、流失家屋一九四戸の甚大な被害をうけた。その折に、白神の家も流され、ようやく小舎《こや》同然の家をたてたのである。

その夜、白神の家では通夜がおこなわれた。焼香客は多く、かれらは蚊になやまされながら焼香の順番を待った。

翌日、村長をはじめ村の有力者たちが役場に集まり、白神次郎吉をまじえて葬儀について話し合った。その結果、九月四日に高梁川の河原に祭壇をもうけて村主催の葬儀をもよおすことになった。

白神家には、人の出入りがひんぱんで、村では、香奠《こうでん》を集める仕事が村の吏員《りいん》によっておこなわれていた。

その日、倉敷駅に到着した汽車から再び遺骨を胸に抱いた男がおり立った。かれは岡山県川上郡成羽《なりわ》村字新山《にいやま》の木口久太で、遺骨は成歓の戦闘で戦死したかれの息子である陸軍歩兵二等卒木口小平《こへい》のものであった。

久太には、村の兵事係の老吏員が一人同行していたが、駅に出迎えの者はいなかった。

かれらは、高梁川の河岸沿いに清音《きよね》まで歩くと、小さな船宿で一泊し、翌朝、上流へむかう高瀬舟に乗った。帆が風をはらんで舟は順調に川をのぼっていったが、途中で風向が変り人夫の手をかりることになった。

要所要所に人夫の詰所があり、かれらは岸沿いに綱を体に結びつけて舟を曳《ひ》きはじめた。前のめりになって手を突き、時には川の中に入ったり、岩を越えたりする。殊《こと》に瀬にさしかかった折には、船頭も川の中におりて人夫とともに掛け声をあげながら綱をひいた。

夕刻、高瀬舟は高梁川の支流の成羽川にはいり、総門の渡についた。そこには、小平の母ひさのをはじめ親族や村人十数名が迎えに出ていて、久太の抱く遺骨に深く頭をたれた。

かれらは、渡船場から町の中をぬけて、急傾斜の坂道をのぼっていった。すでに夕闇は濃く、成羽川の附近一帯におびただしい蛍の光が舞っていた。

九月四日、白神源次郎の葬儀が高梁川の河原でおこなわれた。

源次郎の死に対して、陸軍省では階級を一等卒から上等兵に進級し、金鵄勲章《きんしくんしょう》も下賜した。また全国からおびただしい手紙が白神家のみならず、村長宅や村役場にも送られてきていた。

葬儀は盛大で、当日は村役場も臨時休日にして役場の吏員が一人残らず参列し、また船穂尋常小学校生徒も全員が校長森隣太郎に引率されて加わった。

また、浅口郡役所からも吏員が数名列席し、郡長の弔辞を代読し、香煙は河原一帯にただよった。

弔辞を朗読する者は十数名にのぼったが、それらの中には、「勇敢なラッパ卒」という文句が挿入されているものもあった。

葬儀の模様は、地元の新聞——山陽新報にも大々的に報道され、岡山県民の関心をさらに深めさせた。

新聞は、連日、戦争の経過を報道していた。

九月十五日には広島に設けられていた大本営に天皇が入り、戦場では平壌を中心とした日・清両国軍の激戦が開始されていた。

平壌は朝鮮の最も強力な城塞で大同江をひかえ、高さ一〇メートル、厚さが基底部で七メートル、頂上で一メートルの城壁でかこまれていた。

清国軍機大臣李鴻章《りこうしょう》は、平壌で日本軍を阻止する作戦計画をたてて約一五、〇〇〇の兵を配し、城塞を補強していた。

これに対し、日本軍は、陸軍大将山県有朋《やまがたありとも》を軍司令官に清国軍とほぼ同数の兵力をもって平壌に迫った。

日本陸軍の軍備は清国軍よりもかなり劣勢で、砲は旧式の青銅七サンチ野山砲が使われ、小銃も村田銃で、清国兵のもつ連発銃に対抗するには不利であった。

しかし、日本軍の士気は清国軍のそれをはるかにうわまわっていて、各所で苦戦をかさねながらも九月十四日夜には大同江を渡河して平壌攻略の態勢をととのえた。

翌早朝から、全軍がいっせいに行動を開始した。

正面から攻撃した大島混成旅団は、強力な敵の抵抗で進撃をはばまれたが、背後をついた各隊は次々に堅固な陣地をおとし入れた。そして、前面に立ちはだかった城塞の北門である玄武門《げんぶもん》に一六名の突撃隊がいどみ、原田重吉一等卒が城壁をよじのぼって内部に飛びおり、門をひらいた。

その後も突撃と白兵戦がくりひろげられ、清国軍も日本軍の進撃を阻止しつづけたが、午後四時四〇分、白旗をあげて降伏の意をしめした。が、それは城内から逃れる策略で、夜陰に乗じて退走を開始したので、十六日午前零時に全軍突撃した。その結果、午前三時三〇分、完全に平壊を占領した。

日本軍の損失は戦死者一八〇、負傷者五〇六であったが、清国軍は戦死者約二、〇〇〇、捕虜六〇〇、負傷者多数であった。

この大勝利は国民を熱狂させ、それにともなって戦闘場面をえがいた錦絵《にしきえ》が巷《ちまた》にあふれた。

それらの錦絵の中で最も好評だったのは、玄武門一番乗りをした原田重吉一等卒と、敵弾をうけてもラッパを口からはなさなかった白神源次郎ラッパ卒の絵であった。

原田一等卒の絵は玄武門を乗りこえようとしている場面がえがかれ、白神ラッパ卒の絵は倒れかけながらも突撃ラッパを吹いている情景であった。

殊に白神ラッパ卒の逸話は、かれがラッパ卒であるという理由で人々の心を強くひきつけた。最後の力をふりしぼって吹くラッパの音が次第に細くなって消えていったという話に、哀切きわまりないものを感じたのである。

その月の中旬に発刊された博文館の「幼年雑誌」十月号に、白神源次郎をたたえる「喇叭《らっぱ》手《しゅ》の最後」という歌詞がのった。作歌者は、近衛軍楽隊楽手の菊岡（後に加藤と改姓）義清で、かれは、広島の大本営で白神ラッパ卒の話をきいて感動し、書きつづったのである。

また、同僚の萩野理喜治の協力を得て曲もふした。

「渡るに易《やす》き安城の　名はいたづらのものなるか」という文句にはじまって、

「このとき一人の喇叭手は、　取り佩《は》く太刀の束《つか》の間も
進め進めと吹きしきる　進軍ラッパの勇ましさ
その音たちまち打絶えて　再びかすかに聞えたり
打絶えたりしは何故ぞ　かすかに鳴りしは何故ぞ
打絶えたりしその時は　弾丸のんどを貫けり（実際は胸部）
……
弾丸のんどを貫けど　熱血気管に溢るれど
ラッパは放さず握りしめ　左手に杖つく村田銃
玉とその身は砕けても　霊魂天地を駈けめぐり
なほ敵軍を破るらん　あな勇ましのラッパ手よ」

と、つづく。

これは、後に「喇叭の響き」と改題されたが、この軍歌が爆発的な大流行になり、

全国の人々が「渡るに易き安城の……」と、うたった。
ラッパ卒の戦死の話は、さまざまなものにとりあげられた。
歌人佐佐木信綱は、白神源次郎に捧ぐ……として、

玉の緒を断たんとすれど　笛の音を
なほ絶たざりし　男子よあはれ

と、詠んだ。
また「抜刀隊」の作詞者として著名な文学博士外山正一は、「我は喇叭手なり」と題して、
「………
岡山県人白神源次郎
彼また一個の喇叭手なりき
人は言へり　彼は唯々喇叭吹きなりと
彼は言へり　我は唯々喇叭吹きなりと
成歓の役　彼は進軍の喇叭を奏す

我軍猛進　砲声すでに交はる
忽《たちま》ち飛び来る一丸　彼の胸部を貫く
……………」

という詩を作り、白神ラッパ卒をたたえた。

ラッパ卒の話は国内だけにとどまらず、外国にもつたえられた。日清戦争の取材をしていた外国人記者が、一人のラッパ卒の死を本国に記事として送ったのである。

それは外国でも評判になり、イギリスの詩人サー・エドウィン・アーノルドは「一日本兵」と題する詩を発表し、それは大和田建樹によって翻訳され、紹介された。

その詩は、

「あはれ歩兵の喇叭卒　その名は白神源次郎」

という文句ではじまる十六節の長いもので、最後は、

「喇叭を握りしそのままに　声なき屍骸とうち眠る」

と、結ばれていた。

そのほかにも、新聞記者エフシュレーデルも、「……わが喇叭手の源二（次）郎　小高き岡に登り立ち　降りくる弾丸の数知れぬ　敵の方だに見かへらず　目を

隊長に注ぎつつ　またも号令進めや進め……」（陸軍省訳）などという詩を作り、同類の詩がつぎつぎに発表された。

国内のみならず外国にもつたえられた白神源次郎の名は、船穂村民のみならず岡山県民にとっても誇るべき存在になった。さらに、源次郎が戦死した二カ月後の明治二十七年十月に発行された「小学岡山県誌」（原繁太郎著）にとりあげられたことを知って、喜びは増した。

その書物は、小学校の高学年向けの教科書で生徒に岡山県の歴史を教える目的をもっていた。そこには、源次郎が船穂村生れの人物であることを紹介し、

「……成歓の役、安城渡の苦戦にしきりに進軍の譜を奏せしに、流弾胸を貫きけるも、気息の絶ゆるまでなほ進軍の譜を奏して軍気を助け、遂に管を口にして斃《たお》れしといふ」

と、結ばれている。

船穂村の名は、白神源次郎の生地として全国的に知られるようになった。

その頃戦闘は激化の一途をたどっていて、九月十七日には黄海で日・清両艦隊の主力同士が砲火を交えた。

日本艦隊は、連合艦隊司令長官伊東祐亨中将指揮のもとに旗艦「松島」をはじめ

十一隻の艦艇と武装商船「西京丸」によって構成され、清国艦隊の姿をもとめて西航していた。

九月十七日午前一一時三〇分、見張りは大孤山港沖で清国艦隊を発見した。それは、水師提督丁汝昌《ていじよしよう》のひきいる軍艦一四隻、水雷艇六隻から成る主力艦隊で、その中には東洋一の強力艦「定遠」「鎮遠」の二甲鉄艦もまじっていた。

午前零時五分、「松島」の檣頭《しようとう》に戦闘旗がかかげられ、両艦隊の間で砲戦が開始された。

戦況は徐々に日本艦隊に有利に展開し、「致遠」「超勇」「揚威《ようい》」「経遠」「広甲」の五艦を撃沈、「定遠」「平遠」に火災を発生させた。日本艦艇も多数の命中弾を浴びたが、一隻の損失もなかった。

この海戦の勝利は国民を興奮させ、戦勝気分が一層たかまった。そして、「喇叭の響き」についで多くの軍歌が生れ、それらは次々に全国へひろまっていった。

佐佐木信綱作詞の「勇敢なる水兵」、中村利香作の「黄海の戦」が人々にさかんに歌われ、また戦前に石黒行平によって作られた「道は六百八十里」も歌われた。その後、「雪の進軍」「婦人従軍歌」「水雷艇」等、その数はおびただしい。

これらの軍歌の中で最もよくうたわれたのは「喇叭の響き」だが、その歌とともにに白神源次郎の話はのぞきやパノラマ、劇にされて人々の関心をそそった。また源次郎のものをふくめた錦絵の売行きはすさまじく、絵草紙屋の店頭にはいつも人々が群れ、それをねらってスリが横行する騒ぎまでおこった。

さらに玩具の世界にも戦争の影響が濃くあらわれ、サーベル、銃、兵隊帽などが店頭にならべられたが、その中にはラッパもまじっていて、かなりの売行きであった。

十一月には大連、旅順口を、十二月には海城を占領し、日本軍は連戦連勝をつづけ、明治二十八年に入って戦況はさらに有利に展開して一月二十日に山東半島への上陸に成功した。

船穂村の白神家では、先祖代々の墓地に大きな墓碑を建てた。

また村内では、源次郎の死を悼《いた》んで記念碑を建立《こんりゆう》する話がもちあがった。すでに全国から村に寄附金も送られてきていたので、それらの金銭をもとに建碑を実現させようという声がたかまった。それは、村の事業として推しすすめることになり、村議会の満場一致の決議を得て小野逸次郎を担当者に寄附金の募集がはじめられた。募金は非常な好成績で、短期間のうちに目標額を突破した。

碑を建てる場所は、高梁川のほとりの眺望にめぐまれた丘の上がえらばれた。高梁川は源次郎が幼時から親しんだ川で、清流を見おろす場所が適当と判断された。

その頃、戦争は、最終段階に入っていた。

二月五日、日本水雷艇隊は威海衛《いかいえい》の港内深く侵入、清国艦隊旗艦「定遠」を攻撃して大破させ、「来遠」「威遠」を撃沈した。

それによって清国海軍の戦意はいちじるしくおとろえ、九日には「定遠」艦長が拳銃自殺をとげ、同艦は自爆した。

そうした中で、丁汝昌提督は自軍の戦意が全く失われたことを確認し、軍使を送って伊東司令長官に降伏する旨の書状を提出した。

伊東は受諾し、礼儀をもって丁提督以下を遇することをつたえ、葡萄酒《ぶどうしゅ》、シャンペン、柿を贈った。

翌十三日午前八時三〇分、清国海軍の軍使がふたたび旗艦「松島」を訪れ、武装解除を十六日からおこないたいという申し出をするとともに、贈物を個人的にうけとることはできないという丁提督の言葉をつたえて、葡萄酒等を返還した。

伊東が丁からの書面を読み終ると、それを待っていたように軍使が、その日、丁提督が服毒自殺をとげ、二人の将軍も後を追ったことを告げた。

伊東は驚き、丁の武人らしい死に深く弔意を表した。そして、降伏した将兵五、〇〇〇余人を解放し、丁提督の遺体を柩におさめて軍艦「康済」に安置し、芝罘に送った。

　これによって、清国海軍は壊滅し、清国側からの働きかけで講和の気運が急速にたかまった。そして、三月三十日には日・清両国間で休戦条約が締結され、五月十三日には講和条約が公布された。

　日本国内は、沸《わ》きに沸いた。旗行列、提灯行列が町々を縫い、神社には戦勝を祝う人々があとを絶たなかった。

　船穂村でも提灯行列がおこなわれた。日清戦争で戦死した同村出身者は白神源次郎ただ一人であったので、戦勝祝いは源次郎の霊に勝利を報告するものでもあった。

　かれの墓前には常に香華《こうげ》が供《そな》えられていたが、殊にその日はおびただしい花が墓石を埋め、香煙がむせかえるほど立ちのぼっていた。

　村は輝かしい栄光につつまれていたが、それから半月ほどした頃、村に思いがけぬ話がつたわり、人々を驚かせた。初め、かれらはそれを信じなかったが、やがて事実らしいことを知って顔色を変えた。

　壮烈な戦死をしたラッパ卒は白神源次郎ではなく、高梁川の上流にある川上郡成羽村出身の木口小平陸軍二等卒だというのである。

村民たちは啞然《あぜん》とし、その話の出所をさぐった。想像もしていなかった異様な話で、かれらは仕事も手につかず放心状態におちいっていた。

三

忠烈なラッパ卒が木口小平二等卒であるということは、広島の第五師団司令部の発表によるものらしいことを村民は知った。その発表は「諸調査の結果……（成歓の役の忠勇壮烈なラッパ卒は）白神源次郎にあらずして木口小平喇叭卒なること判明す」というものであるという。

村内は騒然とし、白神家では村長らが集まって対策を協議したが結論は出ない。かれらは、顔を青ざめさせて口をつぐんでいた。

そうした村の空気とは対照的に、成羽村は明るい空気につつまれていた。

村民たちは、むろん船穂村出身の白神源次郎の名を熟知していて、源次郎をたたえる「喇叭の響き」もよく歌った。ただかれらは、その歌を口にする度に同村出身の木口小平の遺族のことを思い出して歌をうたうことをためらうのが常であった。

小平もラッパ卒であり、しかも白神源次郎と同じ大隊で、同じ七月二十九日に同じ成歓で戦死していた。共にラッパ卒でありながら、源次郎は、国内のみならず外国にまでその名の知れた華々しい存在となっていることを考えると、無名の戦死者である小平の遺族が気の毒であったのだ。

それに、源次郎が金鵄勲章をもらい上等兵に進級しているのに、小平は勲章にも縁がなく、兵の最下位である二等卒のままであることも哀れに思えた。

そうした村民感情があっただけに、錦絵になり軍歌にもなったラッパ卒が木口小平であるという報は、かれらを喜ばせたのである。

やがてその話は新聞にも報道され、全国から木口家や村長宅、村役場におびただしい手紙が舞いこむようになった。

岡山の中国民報の記者は六月上旬成羽村を訪れ、左のような記事をのせた。

……過ぐる成歓の役にて名誉の戦死をとげたる喇叭卒は、実は白神源次郎氏にあらずして、木口小平氏なりと判明せるにより、即日、記者は木口氏の郷里なる川上郡成羽村に遺族を訪問したり。成羽村民の感激と愕きもさりながら、一門の感激は並々ならず、図らずも静寂なりし山村は、一軒の賎《しず》が家を中心にして、今や騒然たる大波紋をひろげたり。

この新聞記事でもあきらかなように、成羽村の名は木口小平の名とともに一躍ひろく知れわたるようになったのである。

小平は明治五年生れで、父は久太、母はひさのであった。貧しい農家であったので、かれは初等六級で学校を退き、十二歳で近くの小泉銅山に坑夫見習として働く身になった。

かれは勤勉で、十九歳の折には左のような取立目録をもらって一人前の坑夫に取立てられた。

取立目録

一、親分　岡山県備中国川上郡中邑小泉
平川　喜八　㊞

一、兄分　同　西成羽邑
渡辺　秋造　㊞

一、子分　同　木口　小平

一、浪人立会　石川県加賀国金沢邑

邑本直太郎 ㊞

（略）

右之者是迄《これまで》誠ヲ尽シ職業勉励スルヲ以《もっ》テ今般前書之人員立会之上坑夫ニ取立候条諸国鉱山浪々致ス節ハ不悪《あしからず》御交際之程偏《ひとえ》ニ奉願上候也《ねがいあげたてまつりそうろうなり》

岡山県備中国川上郡中邑

小泉鉱山交際所坑夫中

明治廿有四年一月一日

諸国鉱山坑夫御中

この翌年、小平は徴兵検査をうけて合格、広島の歩兵第二十一連隊に入営、第十二中隊に編入された。そして、喇叭卒見習となり、試験に合格して喇叭卒になった。明治二十七年六月二十四日、木口小平の属す中隊は、宇品港を御用船「仙台丸」で出発、二十八日に仁川に到着した。そして、清国軍と初めて戦闘をくりひろげた成歓に進出、その地で小平は戦死したのである。

白神源次郎の名は、徐々に木口小平の名に変えられていった。

しかし、一般の人々は、その経過に釈然としない者が多かった。源次郎は、軍歌に、錦絵に、のぞきに、劇にされ、さらに外国人によって海外にも知られる英雄的存在になっている。源次郎の行為は事実によって確認されたはずなのに、それが戦死してから半年以上もたってから忠烈なラッパ卒は木口小平という耳にしたこともない二等卒だということが理解できなかったのである。

やがて、かれらは、おぼろげながらもその間の事情を知るようになり、錯誤をおこさせた原因が源次郎と小平に多くの類似点があることから生じたものらしいことに気づいた。

出身県、所属大隊、戦死地、戦死日がすべて同一で、両者ともラッパ卒であり、境遇が余りにも酷似しているのだ。

しかし、一般の人々の頭にきざみつけられた白神源次郎という名は、容易には消えなかった。それどころか、忠烈なラッパ卒は源次郎だと信じて疑わぬ者も多かった。

人々は、戦場美談というものが幾分作為的な要素をふくんでいるものであることを知っていた。玄武門一番乗りで白神源次郎と並び称されて全国的に著名になった原田重吉一等卒についても、かれが玄武門に突入する前に、他の兵卒がすでに城壁をのりこえていたという噂《うわさ》もひそかにながれていた。

そうした他の例があるだけに、忠烈なラッパ卒が白神源次郎だと強く主張する者も少なくなかったのである。

殊に、源次郎の故郷である船穂村では、愛郷心から源次郎の戦死をたたえる意識がそのまま残されていた。村人たちは、木口小平の存在を認めながらも、源次郎の顕彰を忘れなかった。

村議会では、すでに議決されたことでもあるので源次郎の忠魂碑を建立する準備をすすめ、戦役の終った翌明治二十九年十二月に高梁川を見下ろす丘の上に大きな碑を建てた。

当日、村では、高梁川の河原で盛大な建碑記念祭がもよおされた。村民をはじめ校長に引率された小学生たちが出席し、多くの鳩が放たれた。そして、一同、丘の上にのぼり除幕式をおこなった。

記念碑の裏側には、漢学者でありキリスト教信者でもある中原有昇の撰文がきざみつけられていた。

その文章には、源次郎の生い立ちと日清戦役に参加したことが述べられ、戦死の状況については、

「……激戦中其《その》胸部を洞《つらぬ》き、濺血淋漓《せんけつりんり》たるも不屈不《ふ》撓《とう》、進軍喇叭譜を吹奏し、瀏々《りゅうりゅう》亮々《りょうりょう》余音縷《いと》の如《ごと》くにして逝《ゆ》けり。ああ惜しい哉《かな》、享年二十有七。……」

と、書き記されていた。

この碑の前で村民は深く頭をたれ、小学生たちは声を和して「喇叭の響き」を歌い、式を閉じた。

日清戦役は勝利に終ったが、ドイツ、ロシア、フランスの、いわゆる三国干渉によって遼東《りようとう》半島を清国に返還し、国民は苦い屈辱を味わわされた。

戦役の終結を待っていたように、欧州列強は清国に侵略の手をのばしはじめ、まずロシアが東清鉄道の敷設権を得た後、明治三十一年三月に旅順、大連を租借地とすることに成功した。それと前後して、ドイツは膠州《こうしゆう》湾を、フランスは広州湾を、さらにイギリスが威海衛を租借地とするなど各国の極東侵略の姿勢は露骨になった。

殊にロシアは、満州から朝鮮へと勢力圏を拡大し、日本はロシアに対して激しい脅威をいだきはじめた。

日本は将来ロシアとの対決を想定し、軍事予算を増大して軍備の拡張充実に専念した。

そうした情勢に、国民も協力して重税に堪え、新聞は国民の一致団結を説いた。

このような風潮の中で、大勝利に終った日清戦争の軍歌は人々の間でさかんに歌われた。その中で最も愛唱された「喇叭の響き」は、すでに白神源次郎の死をたたえるものから木口小平のためのものになりはじめていた。

岡山に本社をおく県内紙山陽新報の明治三十五年四月三日の新聞には、「垂死喇叭卒」という見出しの左のような記事がのせられた。

今は昔二十七八年役にて安城渡の戦に敵弾に胸部を貫通せられながら尚《なお》進軍の譜を奏して勇気を鼓し、遂に吾軍をして大捷《たいしょう》を奏せしめたりし喇叭卒は白神源次郎氏なりと云ひ、又は木口小平氏なりと云ひ所説紛々たりしが、当時の隊長たりし福地大尉よりの手書を得たれば左に掲ぐ。

拝啓陳《のぶ》れば御申越の件了承致候

去る日清戦役の際勇敢なる働《はたらき》をなしし喇叭卒は白神にあらずして木口小平に御座候　同人は松崎大尉の手に属し同役に於《おい》て世人の賞讃せる如き動作をせしものに有之候間此《この》段及御回答候也

福地守太郎

伊達虎蔵殿

因《ちなみ》に木口氏の墓は川上郡成羽村字新山にあり恵證院貞林浄華居士と誌《しる》されありと

この記事によって、ラッパ卒は木口小平と確定した形になったが、その後大正、昭和に入っても、白神源次郎がラッパ卒だと主張する説も根強く残された。

たとえば、この新聞記事にしても、福地守太郎大尉が果して白神説を全面的に否定し得る資格をそなえているかという疑問を呈する人もいた。その理由は、「当時の隊長たりし福地大尉」という文句に頭をかしげるのである。

歩兵第二十一連隊史の日清戦役の部を調べてみても、白神源次郎の属した第九中隊の隊長は山田一男大尉、木口小平の属した第十二中隊の隊長は松崎直臣大尉であり、同連隊の少なくとも連隊副官、中隊長以上の将校には、福地守太郎という大尉の名は見当らないのである。

福地大尉とは、どのような人物か。同大尉が、白神源次郎を忠烈なラッパ卒ではないと判定する資格をそなえた人物であるか否かを疑うのである。

このような不審感をいだく人もいたが、源次郎の名は日露戦争の勃発とともに消え、木口小平の名のみが大きく浮び上っていった。日露戦争には新たな戦場美談がうまれ、英雄的人物が続々とあらわれて、白神か木口かなどという論争に耳をかたむける者もいなくなったのである。

やがて日露戦争も日本の勝利に終り、その後も「喇叭の響き」は日露戦争の軍歌の中で押しつぶされることもなく歌いつがれていった。

そのラッパ卒は、もはや白神源次郎ではなく木口小平としてだれも疑う者はいなかった。そして、歩兵第二十一連隊史の中でも、

安城渡の夜戦の際、喇叭手木口小平は胸部に敵弾を受け一度は地上に倒れたが、銃を杖ついて起上り、再び喇叭を口にあて突撃の譜を奏し、息の絶ゆるまで之を続け、絶命後も尚銃と喇叭を手から離さず、其の壮烈なる動作は大いに我軍の士気を鼓舞した

と、明記された。

戦場であった朝鮮の成歓にある公園内には、陸軍少将明石元二郎の筆になる「陸軍喇叭手木口小平碑」が建てられた。また大正三年五月には、郷土の川上郡教育会、成羽村在郷軍人会、同青年団等が小平園を設けた。成羽川を見おろす広い景勝地で、「木口小平之碑」が建立された。

その地には桜樹が植えられ、毎年七月二十九日には碑の前で小平を偲《しの》ぶ祭がおこ

なわれ、小学生たちは「喇叭の響き」を合唱した。

木口小平の名を一層たかめたのは、小学生の国定教科書「修身巻一」にのせられたためであった。

キグチコヘイハ　イサマシク　イクサニデマシタ。テキノ　タマニ　アタリマシタガ　シンデモ　ラッパヲ　クチカラ　ハナシマセンデシタ。

また小平が所属していた歩兵第二十一連隊は、広島から浜田に移転していたが、営庭に敵弾をうけながらラッパを吹く木口小平二等卒の銅像が建てられ、評判になった。

やがて太平洋戦争がはじまり、修身の教科書には依然として木口小平の話がのせられていたが、終戦を迎えて修身の教科書が廃されると同時に、小平の戦場美談も消えてしまった。

しかし、終戦後、あらためて地元の郷土史家たちの間で再び白神か木口かの相反した両説が頭をもたげ、それについての論争も起った。

現在でも成羽町（村）に木口小平の碑が、船穂町（村）には白神源次郎の碑がたっている。そして、小平の碑は高梁川の支流成羽川を、源次郎の碑は高梁川を見下ろしている。

源次郎の生地船穂町では、日清戦役で戦死したのは白神源次郎ただ一人であったが、日露戦争では一四名、日華事変・太平洋戦争では実に二二〇名の戦死者数にふくれあがっている。戦争の規模は大きくなり、それにともなって死者も急増しているのだ。

源次郎、小平の戦死した二年前に生れた八十三歳の郷土史家中桐一雄氏は、

「二人の勇猛なラッパ卒がいたのでしょうな。そんな風に考えたらいいじゃないですか」

と、おだやかな表情で答えた。

高梁川には、鮎《あゆ》の釣人の姿が眼につく。

参考文献・「船穂町誌」（船穂町役場刊）、「成羽史話」（成羽町教育委員会刊）、棟田博著「兵隊百話」

「海軍乙事件」調査メモ

「海軍乙事件」については、昭和四十七年秋に左の資料蒐集から手をつけた。

「乙事件関係記録（昭一九・三・三一GF長官機等遭難）」

この記録は、長官機、参謀長機の遭難状況、参謀長機搭乗の生存者救出にあたった独立混成第三十一旅団司令部、同旅団の独立歩兵第百七十三大隊（大隊長大西精一中佐）の行動、不時着海面に近いセブ島の小野田セメント製造株式会社ナガ工場関係者の証言、及び同事件に関する海軍省、軍令部の動き等の概要が記されている。

「中沢メモ」

当時、軍令部第一部長中沢佑少将が記録に残した「戦況」（自昭和十九年二月二十八日至同年六月十一日）によって、同事件の海軍省、軍令部の動きが知れる。

「ALLIED INTELLIGENCE BUREAU BY ALLISON IND」

これは、終戦後発表された連合国情報局アリソン・インド米陸軍大佐の証言による第二次大戦太平洋戦域での連合国情報活動に関する記録で、セブ島ゲリラ隊に参謀長ら一行が捕えられ、釈放された経過と、それに附随した機密図書についての記載がみられる。

これらの資料を整理し、生存している関係者と連絡をとって証言を依頼した。まず不時着した参謀長機に搭乗し、ゲリラに捕えられ救出された九名のうち生存しているのは、吉津正利、今西善久両一飛曹の二名のみであることを確認した。次に、参謀長らを直接救出した大西大隊関係者では、隊長大西精一中佐をはじめ松浦秀夫中尉、淵脇政治中尉、亀沢久芳少尉がそれぞれ現存し、連絡をとることができた。

また、小野田セメント株式会社ナガ工場の責任者であった尾崎治郎氏も健在であった。

準備もととのったので、その年も押しつまった十二月二十一日、私は、空路で宮崎市に向った。市の郊外にある閑静な地に、元陸軍中尉松浦秀夫氏がいた。

松浦氏は、大西大隊長に命じられ亀沢久芳少尉指揮の一小隊を伴ってゲリラから参謀長一行の引取りに成功した人である。氏の証言は劇的で、私は緊迫した情景を思いえがき、同時にセブ島の空の色、草木の匂いを感じた。

宮崎市をはなれた私は、列車で熊本県の玉名温泉に赴《おもむ》いた。そこには参謀長機に搭乗していた二名の生存者のうちの一人である吉津正利氏が若鶴荘という旅館を経営していた。氏からは、命令をうけて基地のサイパンから二式大艇でパラオに飛び、僚機は長官一行を自機は参謀長一行を乗せてパラオを離水した経過、途中で悪天候に遭遇しセブ島附近の海面に不時着した折のこと、さらにゲリラに捕えられ大西大隊に救出されるまでの状況を詳細にきくことができた。

私は、列車での旅をつづけ関門トンネルをくぐって山口県の小野田市に赴き、小野田セメント株式会社を訪れて尾崎治郎氏に会った。参謀長機に乗っていた吉津正利氏の話では、小野田セメント株式会社ナガ工場の灯火をセブ市のそれと誤認したといっていたので、なぜ夜の午前三時頃に煌々《こうこう》と灯火をともしていたのかをたずね、また不時着位置に近い工場周辺のあわただしい動きについても知ることができた。

私は、尾崎氏と別れ、夜行列車に乗って日本海沿いに進み、朝、米子《よなご》市についた。タクシーで皆生《かいけ》温泉の近くにいる大西精一氏を訪れた。氏は、長女の嫁ぎ先である新築されたばかりの家に住んでおられた。

当時軍令部第一部長であった中沢佑氏は、大西氏を「人格識見共に見事な武人ときいている」と言っておられたが、温厚な風格にみちた方であった。お体が不調のようであったが、氏は、淡々と当時の状況を話してくれた。戦後、氏はマニラで戦犯に問われ、死刑に処せられるという声が支配的であったが、無期刑に減刑された。それは、戦時中の氏の大隊長としての行動が常に公正なものであったことをアメリカ軍側も熟知していて、氏に好感をいだいていた結果だという。

氏は、当時の戦闘行動図も描いたりして時間の経過を正しく追って話してくださったが、救出した福留《ふくとめ》参謀長に敬意をいだき、その同行者に深い同情をしめしながら話されるのが、私の耳には実に快かった。長女の氏に対する温い心づかいも好ましく、氏が平穏な日々を送っていることを知って嬉しかった。

私はさらに旅をつづけ、吉津氏とともに戦後も生きつづけている参謀長機搭乗の今西善久元一飛曹を静岡県焼津市に訪れた。氏は、航空自衛隊第五術科学校の一等空尉であった。私は、吉津氏からきいた話を今西氏の話と照合し、当時の状況について正確を期した。

氏は、定年退職直前の由で、車で焼津駅まで送ってくれた。

私は、その旅によって関係者の証言をノートとカセットテープにおさめることができた。

さらに年が明けてから大西大隊の銃砲隊長であった元陸軍中尉淵脇政治氏と東京

駅近くのホテルのロビーでお眼にかかり、参謀長一行のゲリラからの引取りに従った元陸軍少尉亀沢久芳氏に手紙を出し、当時の状況を伝える懇篤な御返事をいただいた。また長官機、参謀長機の行動については、元八〇一空、八〇二空、八五一空の日辻常雄、金子英郎、秋場庄二、居波俊、高橋光雄氏等から御指示をいただいた。

参謀長一行携行の機密図書類については、終戦時海軍中佐として連合艦隊参謀であった千早正隆氏から貴重な証言を得た。

海軍中枢部の動きについては、当時軍令部次長であった中沢佑氏の御自宅にうかがいお話をきかせていただいた。旧海軍の栄光よりも歴史的事実の正確さを尊重する氏のゆるぎない姿勢に、私は爽かな共感をいだいた。

文庫版のためのあとがき

昭和五十五年十二月五日号の「週刊朝日」に、

「極秘作戦計画書は司令部遭難機から、やっぱり米軍の手に渡っていた‼　偽られた戦史『海軍乙事件』に決定的な新資料」

と題して、

「小説『海軍乙事件』（吉村昭著）で明るみに出た疑惑は、やはり的中していた。その決定的証拠といえる米側資料を近刊の『太平洋暗号戦史』（W・J・ホルムズ著・妹尾作太男訳・ダイヤモンド社）が公表」

として、四ページの記事が掲載されている。

この「決定的証拠といえる米側資料」とは、拙作「海軍乙事件」の終りに近い部分で、元連合艦隊参謀・海軍少佐千早正隆氏が、戦後、偶然にもアメリカ情報部の保管する資料中にあるのを見出し驚いたレイテ海戦をふくむ日本海軍のZ作戦計画書の原本のことである。計画書がゲリラからアメリカ情報部に渡っていたことは、アリソン・インド米陸軍大佐著の「第二次大戦太平洋戦域における連合国情報活動」にも記されていて、そのことも拙作の中で紹介してある。

計画書の原本を眼にしたおそらくただ一人の日本人である千早氏の証言によってそれが裏づけられ、偶然にも氏からその驚きについてきくことができた私は幸運だった。

海軍乙事件によってZ作戦計画の全貌は米軍側に確実に知られ、日本海軍はそれに気づかず計画通り作戦を実施し、多大な損失をこうむったのである。

「海軍乙事件」を出版後、右のような週刊誌の報道があったことを、文庫とするに当って、編集部のすすめに従い書き添える。

昭和五十七年初夏

吉村　昭

関連地図

関連地図（中西部太平洋）

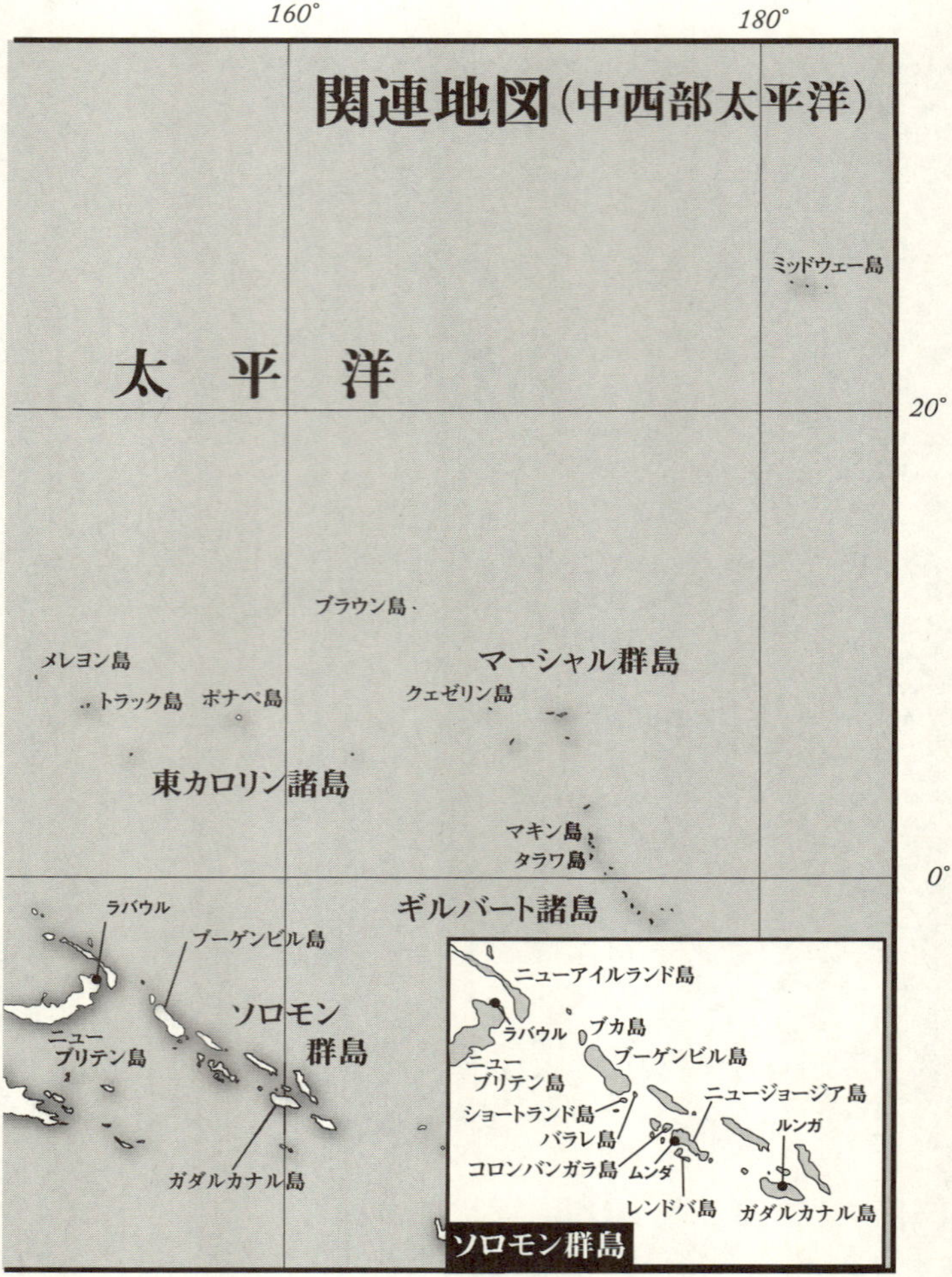
160°
180°
20°
0°
ミッドウェー島
太　平　洋
ブラウン島
メレヨン島
マーシャル群島
トラック島
ポナペ島
クェゼリン島
東カロリン諸島
マキン島
タラワ島
ギルバート諸島
ラバウル
ブーゲンビル島
ソロモン
群島
ニュー
ブリテン島
ガダルカナル島
ニューアイルランド島
ラバウル
ブカ島
ニュー
ブリテン島
ブーゲンビル島
ニュージョージア島
ショートランド島
バラレ島
ルンガ
コロンバンガラ島
ムンダ
レンドバ島
ガダルカナル島
ソロモン群島

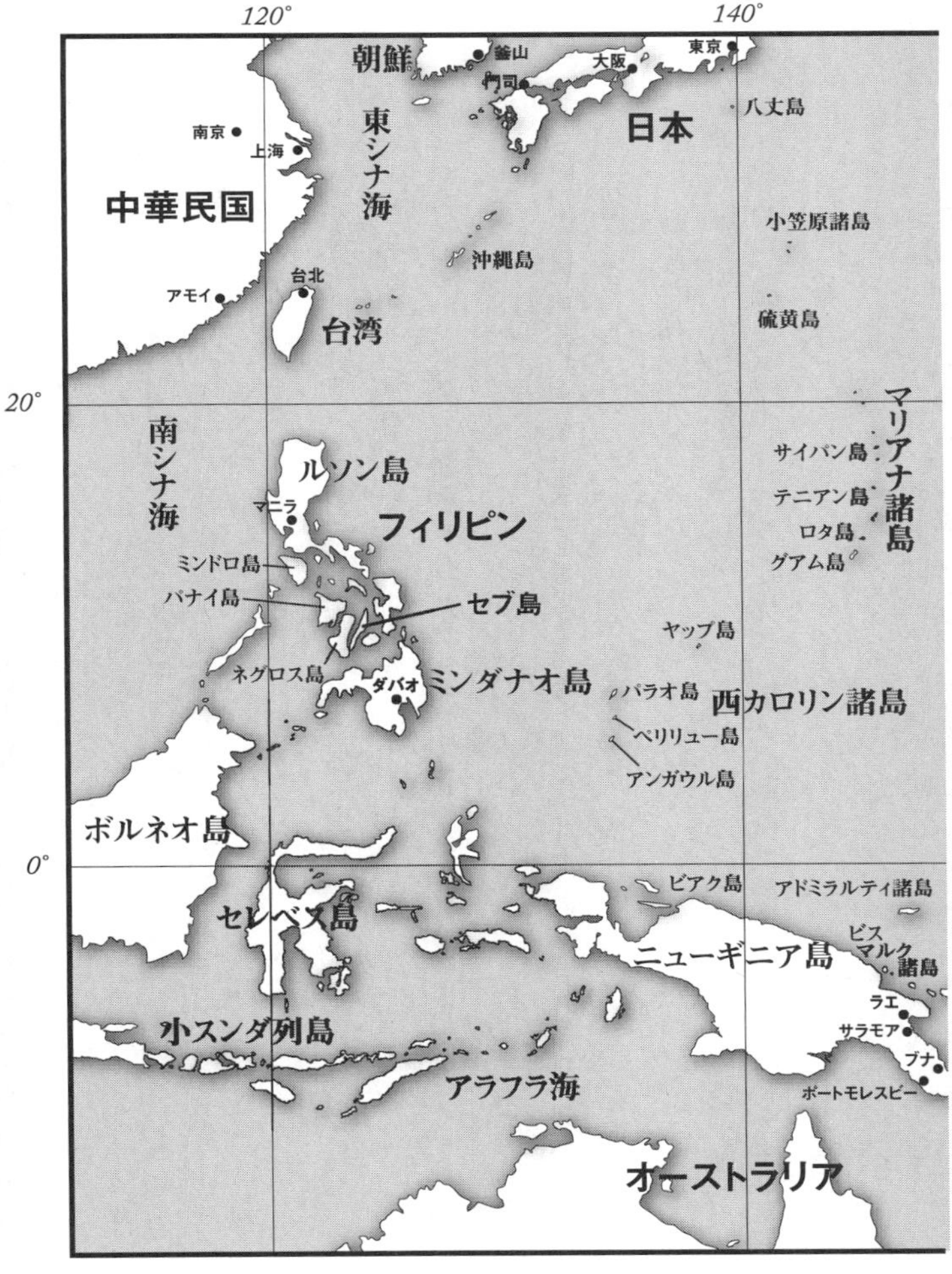
120°
140°
20°
0°
朝鮮
釜山
門司
大阪
東京
八丈島
日本
東シナ海
南京
上海
中華民国
小笠原諸島
沖縄島
台北
アモイ
台湾
硫黄島
南シナ海
ルソン島
マニラ
フィリピン
マリアナ諸島
サイパン島
テニアン島
ロタ島
グアム島
ミンドロ島
パナイ島
セブ島
ヤップ島
ネグロス島
ダバオ
ミンダナオ島
パラオ島
西カロリン諸島
ペリリュー島
アンガウル島
ボルネオ島
ビアク島
アドミラルティ諸島
セレベス島
ビスマルク諸島
ニューギニア島
ラエ
サラモア
ブナ
ポートモレスビー
小スンダ列島
アラフラ海
オーストラリア

初出掲載誌

海軍乙事件「別冊文藝春秋」第123号・一九七三年三月

海軍甲事件「別冊文藝春秋」第135号・一九七六年三月

八人の戦犯「文藝春秋」一九七九年六月号

シンデモラッパヲ「週刊新潮」一九七五年七月三十一日号

単行本

「八人の戦犯」を除く三篇は「海軍乙事件」として一九七六年七月、文藝春秋刊

文庫

「海軍乙事件」一九八二年八月、文春文庫（旧版）

（本書は右文庫の新装版です）

解説　貴重な歴史の資料

森　史朗

日本海軍では、もっとも機密度の高い情報、作戦命令などをしめす文書類を、「軍機」とよんだ。その機密の度合いにおうじて軍極秘、極秘、秘、部外秘と五段階にわけられた。

暗号電報などで緊急信を発する場合、国家機密に関するものは「暗号軍機」と指定され、配布先もきびしく限定された。

秘密指定符で軍機とされたものに、一九四三年（昭和十八年）四月十八日、ソロモン諸島ブイン上空で戦死した連合艦隊司令長官山本五十六大将の事件がある。現在ではよく知られた「海軍甲事件」で、翌年三月三十一日には、その後任となった古賀峯一大将の遭難事件が起こった。

これが、本書の表題作となった「海軍乙事件」である。

山本長官戦死の場合は、南方前線視察の予定スケジュールを暗号解読され、途中の上空で米軍戦闘機群に待ち伏せされていたため起こった出来事で、戦後になって米側が情報を公開し、また撃墜した米人パイロット二人が名乗りをあげて、たがいに功名をあらそうという妙な展開になった。

当時の日本海軍はそれと知らず、暗号は破られていないとして長官戦死を軍機あつかいとし、一ヵ月後におくれて国葬発表をしたが、とんだ茶番劇だったわけである。

海軍乙事件の場合はおなじような不名誉な出来事ながら、少し事情がちがった。米軍の空襲からのがれた連合艦隊司令部一行は、最前線基地パラオから比島南部、ミンダナオ島ダバオへの脱出をはかったが、本書にも記されているように長官機が行方不明となり、古賀大将自身の生死もわからないという惨憺《さんたん》たるありさまとなった。

この事件をめぐっての混乱は、戦後も永くつづいた。そして戦史の謎として多く語られたのは、

「古賀長官は生きていた」

という俗説である。しかも、念の入ったことに、不時着水したフィリピンのセブ

島でゲリラに捕まり、長官以下幕僚一行は捕虜となった。救出にあたったのは陸軍第十四軍の大西警備隊で、古賀長官は大西中佐から拳銃を借り、「情けがあるなら、自決させてくれ」と正座してこめかみを射ちぬいたというのである。

この元警備隊員の証言なるものは、その後も形をかえて各誌で取りあげられた。古賀長官の息女は童謡歌手の古賀さと子であり、稚《おさな》い彼女がそんな父親の最期をつらそうに語っていた談話が、筆者の記憶に残る。

事件の謎は、もう一つある。「司令部が携行した作戦計画の軍機書類は、米軍の手中に入ったのではないか」という疑惑である。パラオ基地を脱出した海軍の二式大艇は二機あり、一番機は古賀長官、二番機は福留繁参謀長以下が搭乗していた。先頭機は行方不明となり、二番機も墜落して福留中将一行は比島ゲリラの捕虜となったが、のちに救出され、日本内地に生還した。

福留参謀長は海軍大学校甲種学生卒。卒業成績二番で、海軍の作戦中枢である軍令部勤務が長い、いわゆる赤レンガ組の超エリートである。日米開戦時は、軍令部第一（作戦）部長という要職にあった。

海軍当局の事情聴取では、機密書類の紛失よりも、そんなエリート将官が捕虜になったかどうかに力点がおかれた。福留中将はゲリラには捕まったが、相手は自分の身分を知らず単なる軍属ぐらいに思っていたにちがいないと弁明した。

その結果、福留参謀長の捕虜の件は不問に付され、内外の疑惑を一掃するために第二航空艦隊司令長官に栄転させ、参謀たちにも同様の措置がとられた。二航艦長官とは、のちにフィリピンで神風特別攻撃隊の若者たちを積極的に送り出した責任者の立場を指す。

戦後、福留中将は旧海軍のエリートとして復活している。水交会理事長となって『史観・真珠湾攻撃』、『海軍の反省』などの著作をつぎつぎと発表したが、セブ島捕虜事件についてはいっさい口をつぐんでいたため、古賀長官最期の謎だけがひとり歩きして、遺族を苦しめた。

福留参謀長は、機密書類の紛失を一貫して否定している。昭和四十六年に刊行した自著『海軍生活四十年』のなかでも、ゲリラ隊長が自分の身分を知ったのは「恐らく戦後十年以上もたってからのこと」であり、作戦計画が米側の反撃に役立ったことなどは「絶対にあり得ない」とし、書類は飛行艇の墜落とともに燃えつきてしまった。そんなことは、「誰かが為にする作為にちがいない」とまで言い切っている。昭和四十六年二月、没。享年八十。

吉村昭氏は、本書でその事実をことごとく検証し、全国を歩いて丹念な取材を重ねた。そして、参謀長機の生存者二人を探し出し、また救出にあたった警備隊の大西精一元中佐の証言をも得ている。

徹底した検証作業の結果、古賀長官の生存説は捕虜となった福留参謀長の誤認であり、当時同参謀長は機密書類を奪われたが、「ゲリラは関心をいだかぬようだった」と証言したことをあきらかにしている。福留中将の発言は変転しているのだ。

また米側資料と日本側証言を対比させて、作戦計画書は福留参謀長と山本祐二参謀のそれぞれが携帯し、二部とも米側の手中に陥《お》ちたと、防衛庁の公刊戦史にも記述されていない新事実を指摘した。

これによって、古賀長官の遺族の名誉は回復され、大西元陸軍中佐の沈着大胆な救出作戦、信義を守り、一貫して沈黙をつづけた武人ぶりが証明された。戦史の永年の謎が解明されたのである。

さて、吉村昭氏といえば純文学畑の作家だが、一方で『戦艦武蔵』執筆を機に戦史に題材をとった『深海の使者』、『総員起シ』、『陸奥爆沈』などを発表し、戦記文学ともいうべきジャンルを確立した。

森鷗外の「歴史其儘《そのまま》」を是として、事実をゆるがせにしない、徹底した検証と調査、綿密な取材がこれら吉村作品の根底にある。

冒頭の門司港を進発する大西大隊の陸軍輸送船の動きなどは、荘重な交響詩の出だしのようにスリリングで何らかの事件の展開を予感させ、五島列島の福江港から東支那海を南下する途中に出会う陸軍船団なども調査が行きとどいていて、たしかな現実感がある。

二番機があわただしく出発し、セブ島上空から墜落するまでの機中の動きは、パイロットたちの証言を得てこその迫真力がある。また海軍当局が捕虜となった福留参謀長のあつかいに苦慮し、自決を期待して一夜ひとり寝所におき去りにする処置などもはじめて知る秘話だが、さりげない描写に、息をひそめて自決を待つ高官たちの息吹きまで感じられて、重い。

吉村作品が読者に支持されるのは、戦史だけではなく、こうした戦争のなかの人間を描くことに視点を徹底していることにあるのだろう。

同時収録されている「海軍甲事件」でも、短篇ながらその手腕がみごとに発揮されている。山本長官機の撃墜という太平洋戦争の大事件を日米の戦略という大がかりな企てではなく、長官機の護衛に失敗した一搭乗員の心の重荷を追跡することによって、歴史に翻弄《ほんろう》された人間の小さな運命をしっかりと描いている。戦争という大舞台といえども、所詮《しょせん》はこうした小さな営為のつみ重なりによって成り立つものだからだ。

作者を出迎えた小型車の男が、さりげなくハンドルにふれるとその右手は義手で、読者にはその男が山本長官機の護衛戦闘機の元パイロットであることが理解できる。少しは戦史に興味をもつ者なら、この人物がソロモン諸島上空での米軍戦闘機との空戦で右手首を喪《うしな》った激戦の体験者であることを、即座に想像し得る。

だが、右手の不自由となった元下士官パイロットの戦後について、吉村氏はほとんどふれていない。男は戦後、山本長官機撃墜事件についいては何も語らず、息子を育て、彼が医科大学に進み成人式をむかえたことなどがわずかに記されるのみである。

旧軍人の戦後生活はさぞかし苦労が多かったものと推察されるが、それ以上作者は立ち入ることなく筆を止める。吉村氏らしい、作家としての抑制だ。

「シンデモラッパヲ」

これも、時代をへて歴史の襞《ひだ》に埋もれてしまった秘話の一つである。

木口小平とは、日清戦争で「シンデモラッパヲハナシマセンデシタ」と国定教科書に紹介され、全国的に有名になった陸軍ラッパ兵のことである。当時は軍国美談として知られたが、戦後になっても物ごとに夢中になる、熱中する状態を指して、「木口小平みたいだな」と冗談口に使われた。

ところが、実は銃弾に斃《たお》れたラッパ兵はもう一人いて、二人の郷里岡山の二つの村ではたがいに功名あらそいになった。滑稽譚のようだが、村人たちにとっては真剣な話題で、吉村氏はこの逸話を紹介することによって歴史の真実とはこのように絶対的なものではない、と語りたかったのであろう。

この作品集が書かれた時期を境にして、吉村氏は戦史作品から遠ざかるようになった。その理由を自筆年譜では、「多くの証言者の高齢化による死」を挙げている。このような状況下では、事実を見すえた実証的な作品が書けないと痛感したのであろう。

作者の関心は一転して、歴史作品に移った。その意味では、『海軍乙事件』は吉村戦史のひとつの頂点をしめすものであり、太平洋戦争をたどる上でも第一級の資料として、貴重な文献となるにちがいない。

（作家）

文春文庫

海《かい》軍《ぐん》乙《おつ》事《じ》件《けん》

定価はカバーに表示してあります

2007年6月10日　新装版第1刷
2017年6月30日　第8刷

著　者　吉《よし》村《むら》昭《あきら》
発行者　飯窪成幸
発行所　株式会社　文藝春秋

東京都千代田区紀尾井町3-23　〒102-8008
TEL 03・3265・1211
文藝春秋ホームページ　http://www.bunshun.co.jp

落丁、乱丁本は、お手数ですが小社製作部宛お送り下さい。送料小社負担でお取替致します。

印刷・凸版印刷　製本・加藤製本
Printed in Japan
ISBN978-4-16-716945-9

（　）内は解説者。品切の節はご容赦下さい。

吉村　昭
磔（はりつけ）
慶長元年春、ボロをまとった二十数人が長崎で磔にされるため引き立てられていった。歴史に材を得て人間の生を見すえた力作。「三色旗」「コロリ」「動く牙」「洋船建造」収録。（曾根博義）
よ-1-12

吉村　昭
帰艦セズ
昭和十九年、巡洋艦の機関兵が小樽郊外の山中で餓死した。長い歳月を経て、一片の記録から驚くべき事実が明らかになる。「鋏」「白足袋」「霰ふる」「果物籠」「飛行機雲」等全七篇。（曾根博義）
よ-1-21

吉村　昭
殉国
陸軍二等兵比嘉真一
中学三年生の小柄な少年は、ダブダブの軍服に身を包んで戦場へ出た……。凄惨な戦いとなった太平洋戦争末期の沖縄戦の実相を、少年の体験を通して描く長篇。（福田宏年）
よ-1-22

吉村　昭
幕府軍艦「回天」始末
新政府に抵抗して箱館に立てこもった旧幕府軍は、明治二年三月、起死回生を期して、軍艦「回天」をもって北上する新政府艦隊を襲撃した。秘話を掘り起した歴史長篇。
よ-1-27

吉村　昭
戦史の証言者たち
すさまじい人的物的損失を強いられた太平洋戦争においては、さまざまな極限のドラマが生まれた。その中から山本五十六の戦死にからむ秘話などを証言者を得て追究した戦争の真実。
よ-1-28

吉村　昭
街のはなし
食事の仕方と結婚生活、茶色を好む女性の共通点、街ですれ違う気になる人、旅先でよい料理屋を見つける秘訣……。温かく、時に厳しく人間を見つめる極上エッセイ七十九篇。（阿川佐和子）
よ-1-34

吉村　昭
朱の丸御用船
江戸末期、難破した御用船から米を奪った漁村の人々。船に隠されていた意外な事実が、村をかつてない悲劇へと導いてゆく。追い詰められた人々の心理に迫った長篇歴史小説。（勝又　浩）
よ-1-35

文春文庫　吉村昭の本

（　）内は解説者。品切の節はご容赦下さい。

吉村　昭
遠い幻影
戦死した兄の思い出を辿るうち、胸に呼び起こされた不幸な事故の記憶。あれは本当にあったことなのか。過去からのメッセージを描いた表題作を含む、滋味深い十二の短篇集。（川西政明）
よ-1-36

吉村　昭
歴史の影絵
江戸の漂流民の苦闘、シーボルトの娘・イネの出生の秘密、沈没した潜水艦乗組員たちの最期。史実に現れる日本人の美しさに触れつつ歴史の〝実像〟を追う発見に満ちた旅。（渡辺洋二）
よ-1-39

吉村　昭
三陸海岸大津波
明治二十九年、昭和八年、昭和三十五年。三陸沿岸は三たび大津波に襲われ、人々に悲劇をもたらした。前兆、被害、救援の様子を、体験者の貴重な証言をもとに再現した震撼の書。（髙山文彦）
よ-1-40

吉村　昭
関東大震災
一九二三年九月一日、正午の激震によって京浜地帯は一瞬にして地獄となった。朝鮮人虐殺などの陰惨な事件によって悲劇は増幅される。未曾有のパニックを克明に再現した問題作。
よ-1-41

吉村　昭
海の祭礼
ペリー来航の五年も前に、鎖国中の日本に憧れて単身ボートで上陸したアメリカ人と、通詞・森山の交流を通して、日本が開国に至る意外な史実を描いた長篇歴史小説。（曾根博義）
よ-1-42

吉村　昭
海軍乙事件
昭和十九年、フィリピン海域で連合艦隊司令長官、参謀長らの乗った飛行艇が遭難した。敵ゲリラの捕虜となった参謀長が所持していた機密書類の行方は？　戦史の謎に挑む。（森　史朗）
よ-1-45

吉村　昭
史実を歩く
『戦艦武蔵』『生麦事件』などの戦史・歴史小説を精力的に発表してきた著者は、その綿密な取材と細部へのこだわりでも知られた。作家の史実への姿勢を率直に綴った取材ノート。（森　史朗）
よ-1-46

（　）内は解説者。品切の節はご容赦下さい。

吉村　昭
ひとり旅
終戦の年、空襲で避難した谷中墓地で見た空の情景、小説家を目指す少年の手紙、漂流記の魅力について——事実こそ小説であるという著者の創作姿勢が全篇にみなぎる、珠玉のエッセイ。
よ-1-47

吉村　昭
逃亡
戦時下の緊迫した海軍航空隊で苛酷な日々を送る若き整備兵は、見知らぬ男の好意を受け入れたばかりに、軍用機を炎上させて脱走するという運命を背負う。初期の傑作長篇。（杉山隆男）
よ-1-48

吉村　昭
深海の使者
第二次大戦中、杜絶した日独両国の連絡路を求め、連合国の封鎖下にあった大西洋に、数次に亘って潜入した日本潜水艦の苦闘を描く。文藝春秋読者賞を獲得した力作長篇。（半藤一利）
よ-1-49

吉村　昭
虹の翼
人が空を飛ぶなど夢でしかなかった明治時代——ライト兄弟が世界最初の飛行機を飛ばす何年も前に、独自の構想で航空機を考案した二宮忠八の波乱の生涯を描いた傑作長篇。（和田　宏）
よ-1-50

吉村　昭
総員起シ
百二名の乗員を乗せ沈没した伊三十三潜水艦。九年後の引揚げ作業中、艦内の一室から生けるが如き十三の遺体が発見された。表題作他「鳥の浜」「海の柩」「剃刀」「手首の記憶」の全五篇。
よ-1-51

吉村　昭
蚤と爆弾
第二次大戦末期、関東軍による細菌兵器開発の陰に匿された、戦慄すべき事実とその開発者の人間像。戦争の本質を直視し、曇りなき冷徹さで描かれた異色長篇小説。（保阪正康）
よ-1-52

吉村　昭
闇を裂く道
大正七年に着工、予想外の障害に阻まれて完成まで十六年を要し、世紀の難工事といわれた丹那トンネル。人間と土・水との熱く長い闘いをみごとに描いた力作長篇。（髙山文彦）
よ-1-53

（　）内は解説者。品切の節はご容赦下さい。

浅見雅男
不思議な宮さま
東久邇宮稔彦王の昭和史
「一億総懺悔」で知られる史上唯一の皇族総理大臣・東久邇宮稔彦王。破天荒な言動で周囲を困らせる一方、皇族軍人として様々な思惑のもと利用された、その生涯を描いた傑作評伝。
あ-66-1

猪瀬直樹
東條英機　処刑の日
アメリカが天皇明仁に刻んだ「死の暗号」
昭和二十三年十二月二十三日。日付が変わったその瞬間、七人のA級戦犯の死刑が執行された。その日は折しも皇太子明仁の十五回目の誕生日だった――。昭和史の謎に挑む。（梯　久美子）
い-17-17

岩井　勉
空母零《ゼロ》戦隊
特攻の掩護機として、敵艦に突っ込む若者を見送った時の悲しみ、理不尽な上官への怒り、そして故郷に残した妻子への想い。十八歳から二十六歳迄、戦争の最中に生きた青春の鮮烈な記録。
い-48-1

伊藤之雄
昭和天皇伝
日本の命運を若くして背負わざるをえなかった君主は、いかに歩んだか。昭和天皇の苦悩と試行錯誤、そして円熟の日々。丁寧に資料にあたった、司馬遼太郎賞受賞の決定版評伝。
い-90-1

桶谷秀昭
昭和精神史
大東亜戦争は本当に一部指導者の狂気の産物だったのか？　戦争をただ一つの史観から断罪して片づけてよいものか？　昭和改元から敗戦までを丹念に綴る昭和前史。毎日出版文化賞受賞。
お-20-1

門田隆将
康子十九歳　戦渦《せんか》の日記
太平洋戦争下、若者たちはどう生き、どう死んでいったのか。広島市長を父に持つ女学生粟屋康子の遺した日記と書簡が再現する「アンネの日記」を凌ぐ感動。（金　美齢）
か-53-1

城戸久枝
あの戦争から遠く離れて
私につながる歴史をたどる旅
日本生まれの中国残留孤児二世の著者が、十年の旅の果てにみずみずしい感性で描いた「父と私と異国の祖母」の壮絶な物語。NHKでドラマ化され大きな反響も呼んだ。（野村　進）
き-36-1

（　）内は解説者。品切の節はご容赦下さい。

小泉信三
海軍主計大尉小泉信吉
一九四二年南方洋上で戦死した長男を偲んで、戦時下とは思えぬ精神の自由さと強い愛国心とによって執筆された感動的な記録。ここに温かい家庭の父としての小泉信三の姿が見える。
こ-10-1

神立尚紀
特攻の真意
大西瀧治郎はなぜ「特攻」を命じたのか
自ら命じた特攻作戦を「統率の外道」と称した大西瀧治郎中将。その真意はどこにあったのか。貴重な証言をもとに、数多の若者を死に導いた男の「謎」に迫る衝撃のノンフィクション。
こ-40-2

田辺聖子
田辺写真館が見た〝昭和〟
著者の実家である「田辺写真館」には〝ハイカラ〟な大阪の文化が息づいていた。忍び寄る戦争の影に負けじと人生を謳歌する人々の姿を、写真と共につづった珠玉のエッセイ。（浅田次郎）
た-3-42

高瀬　毅
ナガサキ　消えたもう一つの「原爆ドーム」
爆心に近く、残骸となった浦上天主堂は、世界遺産の被爆遺構「原爆ドーム」と同様、保存の声も高かったが、完全に撤去、再建された。その裏にいったい何があったのか？（星野博美）
た-90-1

『特攻　最後の証言』制作委員会
特攻　最後の証言
太平洋戦争末期、特攻に志願した8人の生き残りにロング・インタビューを敢行。人間爆弾や人間魚雷と呼ばれた究極の兵器に身を預けた若者たちの真意とは。詳細な注、写真・図版付。
と-27-1

中田整一
満州国皇帝の秘録
ラストエンペラーと「厳秘会見録」の謎
皇帝溥儀の通訳を務めた林出賢次郎が残した記録は、満州国の真の姿を明らかにする。清朝復辟の幻想と傀儡としての屈辱。妃、肉親への猜疑……。偽皇帝の悲劇の素顔。（保阪正康）
な-61-2

半藤一利
日本のいちばん長い日　決定版
昭和二十年八月十五日。あの日何が起き、何が起こらなかったのか？　十五日正午の終戦放送までの一日、日本政府のポツダム宣言受諾の動きと、反対する陸軍を活写するノンフィクション。
は-8-15

（　）内は解説者。品切の節はご容赦下さい。

半藤一利
日本国憲法の二〇〇日
敗戦時、著者十五歳。新憲法の策定作業が始まり、二百三日後、「憲法改正草案要綱」の発表に至る。この苛酷にして希望に満ちた日々を、歴史探偵が少年の目と複眼で描く。（梯　久美子）
は-8-17

半藤一利・加藤陽子
昭和史裁判
太平洋戦争開戦から七十余年。広田弘毅、近衛文麿ら当時のリーダーたちはなにをどう判断し、どこで間違ったのか。半藤〝検事〟と加藤〝弁護人〟が失敗の本質を徹底討論！
は-8-22

半藤一利
聯合艦隊司令長官
山本五十六
昭和史の語り部半藤さんが郷里・長岡の先人であり、あの戦争の最大の英雄にして悲劇の人の真実について熱をこめて語り下ろした一冊。役所広司さんが五十六役となり、映画化された。
は-8-23

半藤一利　編
太平洋戦争
日本軍艦戦記
激戦の記録、希少な体験談。生残った将兵による「軍艦マイベスト5」。戦った日米英提督たちの小列伝。……大日本帝国海軍の栄光から最期までを貴重な写真とともに一冊でたどる！
は-8-24

半藤一利　編著
十二月八日と八月十五日
太平洋戦争開戦の日と、玉音放送が流れた終戦の日と。その日、人々は何を考え、発言し、書いたか。あらゆる史料をもとに歴史探偵が読み解き編んだ、真に迫った文庫オリジナル作品。
は-8-27

早坂　隆
昭和十七年の夏　幻の甲子園
戦時下の球児たち
朝日新聞社主催から文部省主催に急遽変更して強行された昭和17年、戦時下の夏の甲子園大会――球児たちの引き裂かれた青春を描くノンフィクション大作。（岡崎満義）
は-44-1

辺見じゅん
収容所《ラーゲリ》から来た遺書
戦後十二年目にシベリア帰還者から遺族に届いた六通の遺書。その背後に驚くべき事実が隠されていた！　大宅賞と講談社ノンフィクション賞のダブル受賞に輝いた感動の書。（吉岡　忍）
へ-1-1